Lewis Carroll

Alice's Adventures in Wonderland
Alice im Wunderland

Lewis Carroll

Alice's Adventures in Wonderland

Alice im Wunderland

Aus dem Englischen von
Angelika Beck

Anaconda

Die Erstfassung von 1865 erschien bei Macmillan and Co., London. Der englische Text dieser Ausgabe folgt der Edition in der Reihe *Oxford World's Classics*, Oxford 1998. Dem deutschen Text liegt die Übersetzung von Antonie Zimmermann, erschienen 1869 bei Hartknoch in Leipzig, zugrunde. Sie wurde vollständig neu überarbeitet.

Die Deutsche Nationalbibliothek verzeichnet diese Publikation in der Deutschen Nationalbibliografie; detaillierte bibliografische Daten sind im Internet unter http://dnb.d-nb.de abrufbar.

Lektorat: Kai Kilian, Düsseldorf
Umschlagmotiv: John Tenniel (1820–1914), »The Mock Turtle and the Gryphon«, Illustration zu *Alice's Adventures in Wonderland* (1865), Private Collection / bridgemanart.com
Umschlaggestaltung: www.katjaholst.de
Satz und Layout: GEM mbH, Ratingen
Printed in Czech Republic 2008
ISBN 978-3-86647-233-4
info@anaconda-verlag.de

CONTENTS / INHALT

All in the golden afternoon
Full leisurely we glide;
For both our oars, with little skill,
By little arms are plied,
While little hands make vain pretence
Our wanderings to guide.

Ah, cruel Three! In such an hour,
Beneath such dreamy weather,
To beg a tale of breath too weak
To stir the tiniest feather!
Yet what can one poor voice avail
Against three tongues together?

Imperious Prima flashes forth
Her edict 'to begin it':
In gentler tones Secunda hopes
'There will be nonsense in it!'
While Tertia interrupts the tale
Not *more* than once a minute.

Anon, to sudden silence won,
In fancy they pursue
The dream-child moving through a land
Of wonders wild and new,
In friendly chat with bird or beast–
And half believe it true.

O schöner, goldner Nachmittag,
  Wo Flut und Himmel lacht!
Von schwacher Kindeshand bewegt,
  Die Ruder plätschern sacht –
Das Steuer hält ein Kinderarm
  Und lenkt so unsre Fahrt.

So fuhren wir gemächlich hin
  Auf träumerischen Wellen –
Doch ach! Die drei vereinten sich,
  Den müden Freund zu quälen –
Sie trieben ihn, sie drängten ihn,
  Ein Märchen zu erzählen.

Die Erste gab's Kommandowort;
  O schnell, o fange an!
Und mach es so, die Zweite bat,
  Dass man recht lachen kann!
Die Dritte ließ ihm keine Ruh
  Mit wie? und wo? und wann?

Jetzt lauschen sie vom Zauberland
  Der wunderbaren Mähr;
Mit Tier und Vogel sind sie bald
  In freundlichem Verkehr,
Und fühlen sich so heimisch dort,
  Als ob es Wahrheit wär.

And ever, as the story drained
The wells of fancy dry,
And faintly strove that weary one
To put the subject by,
'The rest next time–' 'It *is* next time!'
The happy voices cry.

Thus grew the tale of Wonderland:
Thus slowly, one by one,
Its quaint events were hammered out–
And now the tale is done,
And home we steer, a merry crew,
Beneath the setting sun.

Alice! A childish story take,
And, with a gentle hand,
Lay it where Childhood's dreams are twined
In Memory's mystic band,
Like pilgrim's wither'd wreath of flowers
Pluck'd in a far-off land.

Und jedes Mal, wenn Fantasie
  Dem Freunde ganz versiegt:
»Das Übrige ein andermal!«
  O nein, sie leiden's nicht.
»Es ist ja schon ein andermal!« –
  So rufen sie vergnügt.

So ward vom schönen Wunderland
  Das Märchen ausgedacht,
So langsam Stück für Stück erzählt,
  Beplaudert und belacht,
Und froh, als es zu Ende war,
  Der Weg nach Haus gemacht.

Alice! O nimm es freundlich an!
  Leg es mit gütger Hand
Zum Strauße, den Erinnerung
  Aus Kindheitsträumen band,
Gleich welken Blüten, mitgebracht
  Aus liebem, fernem Land.

CHAPTER I

Down the Rabbit-Hole

Alice was beginning to get very tired of sitting by her sister on the bank, and of having nothing to do: once or twice she had peeped into the book her sister was reading, but it had no pictures or conversations in it, 'and what is the use of a book,' thought Alice, 'without pictures or conversations?'

So she was considering, in her own mind (as well as she could, for the hot day made her feel very sleepy and stupid), whether the pleasure of making a daisy-chain would be worth the trouble of getting up and picking the daisies, when suddenly a White Rabbit with pink eyes ran close by her.

There was nothing so *very* remarkable in that; nor did Alice think it so *very* much out of the way to hear the Rabbit say to itself 'Oh dear! Oh dear! I shall be too late!' (when she thought it over afterwards, it occurred to her that she ought to have wondered at this, but at the time it all seemed quite natural); but, when the Rabbit actually *took a watch out of its waistcoat-pocket*, and looked at it, and then hurried on, Alice started to her feet, for it flashed across her mind that she had never before seen a rabbit with either a waistcoat-pocket, or a watch to take out of it, and, burning with curiosity, she ran across the field after it, and

Erstes Kapitel

Hinab in das Kaninchenloch

Alice wurde es langsam leid, so neben ihrer Schwester am Ufer zu sitzen und nichts zu tun zu haben. Ein- oder zweimal hatte sie einen verstohlenen Blick in das Buch geworfen, das ihre Schwester las, doch es waren weder Bilder noch Gespräche darin. »Und was lässt sich schon mit einem Buch anfangen«, dachte Alice, »in dem es weder Bilder noch Gespräche gibt?«

Daher überlegte sie gerade (so gut es eben ging, denn von der Hitze des Tages war sie schon ganz träge und dösig), ob das Vergnügen, eine Kette aus Gänseblümchen zu flechten, die Mühe lohnte, aufzustehen und Gänseblümchen zu pflücken, als plötzlich ein Weißes Kaninchen mit roten Augen dicht an ihr vorbeilief.

Daran war an sich nichts *gar* so Merkwürdiges; auch fand Alice es nicht *gar* so außergewöhnlich, dass das Kaninchen zu sich sagte: »Herrjemine! Herrjemine! Ich werde mich sicher verspäten!« (Als sie später darüber nachdachte, kam ihr in den Sinn, dass sie sich eigentlich hätte wundern sollen; doch in jenem Augenblick erschien ihr das alles ganz natürlich.) Aber als dann das Kaninchen tatsächlich *eine Uhr aus seiner Westentasche zog*, einen Blick darauf warf und weitereilte, sprang Alice auf, denn es wurde ihr schlagartig bewusst, dass sie noch nie zuvor ein Kaninchen mit einer Westentasche gesehen hatte, geschweige denn eines mit einer darin befindlichen Uhr, und so lief sie ihm, brennend vor Neugier, quer übers Feld hin-

was just in time to see it pop down a large rabbit-hole under the hedge.

In another moment down went Alice after it, never once considering how in the world she was to get out again.

The rabbit-hole went straight on like a tunnel for some way, and then dipped suddenly down, so suddenly that Alice had not a moment to think about stopping herself before she found herself falling down what seemed to be a very deep well.

Either the well was very deep, or she fell very slowly, for she had plenty of time as she went down to look about her, and to wonder what was going to happen next. First, she tried to look down and make out what she was coming to, but it was too dark to see anything: then she looked at the sides of the well, and noticed that they were filled with cupboards and book-shelves: here and there she saw maps and pictures hung upon pegs. She took down a jar from one of the shelves as she passed: it was labeled 'ORANGE MARMALADE,' but to her great disappointment it was empty: she did not like to drop the jar, for fear of killing somebody underneath, so managed to put it into one of the cupboards as she fell past it.

'Well!' thought Alice to herself. 'After such a fall as this, I shall think nothing of tumbling downstairs! How brave they'll all think me at home! Why, I wouldn't say anything about it, even if I fell off the top of the house!' (Which was very likely true.)

terher und konnte gerade noch beobachten, wie es in ein großes Kaninchenloch unter der Hecke flitzte.

Augenblicks sprang Alice ihm nach, ohne auch nur kurz darüber nachzudenken, wie in aller Welt sie da wohl wieder herauskäme.

Eine Weile lang führte der Gang geradeaus, wie in einem Tunnel, dann aber ging es so jählings abwärts, dass Alice gar keine Zeit hatte, ans Anhalten zu denken, ehe sie merkte, dass sie in etwas hinunterfiel, das ein sehr tiefer Brunnen zu sein schien.

Entweder war der Brunnen wirklich überaus tief oder sie fiel nur sehr langsam, denn sie hatte dabei reichlich Zeit, sich umzusehen und sich zu fragen, was wohl als Nächstes geschehen mochte. Zuerst versuchte sie, hinunterzuschauen und zu erspähen, wo sie landen würde, aber es war zu dunkel, um etwas zu erkennen; dann betrachtete sie die Wände des Brunnens und bemerkte, dass sie mit Küchenschränken und Bücherregalen bedeckt waren; hier und da sah sie Landkarten und Bilder, die an Haken hingen. Im Vorbeisausen nahm sie von einem der Bretter ein Einmachglas mit der Aufschrift »Orangenmarmelade« herunter, doch zu ihrer großen Enttäuschung war es leer. Einfach fallenlassen wollte sie es nicht, aus Angst, jemanden unter ihr damit zu erschlagen, und sie schaffte es, das Gefäß in einen der anderen Schränke zu schieben, an denen sie vorbeikam.

»Also«, dachte Alice bei sich, »nach einem solchen Sturz sollte es mir nichts mehr ausmachen, die Treppe hinunterzupurzeln. Für wie tapfer mich zu Hause alle halten werden! Und selbst wenn ich vom Dach unseres Hauses fiele, ich würde kein Sterbenswörtchen darüber verlieren!« (Womit sie sehr wahrscheinlich recht hatte.)

Down, down, down. Would the fall *never* come to an end? 'I wonder how many miles I've fallen by this time?' she said aloud. 'I must be getting somewhere near the centre of the earth. Let me see: that would be four thousand miles down, I think–' (for, you see, Alice had learnt several things of this sort in her lessons in the school-room, and though this was not a *very* good opportunity for showing off her knowledge, as there was no one to listen to her, still it was good practice to say it over) '–yes, that's about the right distance–but then I wonder what Latitude or Longitude I've got to?' (Alice had not the slightest idea what Latitude was, or Longitude either, but she thought they were nice grand words to say.)

Presently she began again. 'I wonder if I shall fall right *through* the earth! How funny it'll seem to come out among the people that walk with their heads downwards! The antipathies, I think–' (she was rather glad there *was* no one listening, this time, as it didn't sound at all the right word) '–but I shall have to ask them what the name of the country is, you know. Please, Ma'am, is this New Zealand? Or Australia?' (and she tried to curtsey as she spoke–fancy, *curtseying* as you're falling through the air! Do you think you could manage it?) 'And what an ignorant little girl she'll think me for asking! No, it'll never do to ask: perhaps I shall see it written up somewhere.'

Down, down, down. There was nothing else to do, so Alice soon began talking again. 'Dinah'll miss me very much to-night, I should think!' (Dinah was

Hinab, hinab, hinab. Würde dieser Sturz denn *nie* ein Ende nehmen? »Wie viele Meilen ich wohl inzwischen schon gefallen bin?«, sagte sie laut. »Allmählich dürfte ich fast am Erdmittelpunkt angekommen sein. Schauen wir mal: Das wären viertausend Meilen abwärts, glaube ich …« (Alice hatte nämlich, müsst Ihr wissen, derlei Dinge in der Schule gelernt, und auch wenn dies keine *besonders* gute Gelegenheit war, ihr Wissen vorzuführen, da ihr ja niemand zuhörte, so war das Hersagen doch eine gute Übung) »… ja, das ist ungefähr die Entfernung – aber dann frage ich mich, bis zu welchem Längen- und Breitengrad ich wohl gekommen bin?« (Alice hatte nicht die leiseste Vorstellung, was ein Längen- oder ein Breitengrad ist, aber in ihren Augen waren es schöne, imposante Wörter zum Aufsagen.)

Sofort begann sie von Neuem: »Ob ich wohl schnurstracks durch die Erde *hindurch*fallen werde? Wie komisch das sein wird, wenn ich bei den Leuten herauskomme, die mit dem Kopf nach unten laufen! Den ›Antipathien‹, glaube ich …« (diesmal war sie ganz froh, dass niemand ihr zuhörte, denn dieses Wort klang ganz und gar nicht richtig) »… aber ich werde sie doch fragen müssen, wie das Land heißt. Bitte, gnädige Frau, ist dies Neuseeland oder Australien?« (Und bei diesen Worten versuchte sie zu knicksen – stellt Euch vor, zu *knicksen*, während Ihr durch die Luft saust! Glaubt Ihr, dass Euch das gelänge?) »Aber wegen meiner Frage wird sie mich für ein dummes kleines Mädchen halten! Nein, das geht wirklich nicht an, dass ich frage; vielleicht sehe ich es ja irgendwo angeschrieben.«

Hinab, hinab, hinab. Da es nichts anderes zu tun gab, fing Alice bald wieder an zu sprechen. »Dinah wird mich heute Abend bestimmt sehr vermissen!« (Dinah war die Katze.)

the cat.) 'I hope they'll remember her saucer of milk at tea-time. Dinah, my dear! I wish you were down here with me! There are no mice in the air, I'm afraid, but you might catch a bat, and that's very like a mouse, you know. But do cats eat bats, I wonder?' And here Alice began to get rather sleepy, and went on saying to herself, in a dreamy sort of way, 'Do cats eat bats? Do cats eat bats?' and sometimes 'Do bats eat cats?', for, you see, as she couldn't answer either question, it didn't much matter which way she put it. She felt that she was dozing off, and had just begun to dream that she was walking hand in hand with Dinah, and was saying to her, very earnestly, 'Now, Dinah, tell me the truth: did you ever eat a bat?', when suddenly, thump! thump! down she came upon a heap of sticks and dry leaves, and the fall was over.

Alice was not a bit hurt, and she jumped up on to her feet in a moment: she looked up, but it was all dark overhead: before her was another long passage, and the White Rabbit was still in sight, hurrying down it. There was not a moment to be lost: away went Alice like the wind, and was just in time to hear it say, as it turned a corner, 'Oh my ears and whiskers, how late it's getting!' She was close behind it when she turned the corner, but the Rabbit was no longer to be seen: she found herself in a long, low hall, which was lit up by a row of lamps hanging from the roof.

»Ich hoffe, sie vergessen nicht, ihr zur Teestunde ihr Milchschälchen hinzustellen. Dinah, mein Liebes! Ich wünschte, du wärst hier unten bei mir. Leider gibt es in der Luft keine Mäuse, aber du könntest ja vielleicht eine Fledermaus fangen; und die ist einer Maus sehr ähnlich, weißt du. Aber ob Katzen wohl Fledermäuse fressen?« Hier wurde Alice allmählich recht schläfrig und sagte immer wieder halb wie im Traum vor sich hin: »Fressen Katzen Fledermäuse? Fressen Katzen Fledermäuse?«, und manchmal auch: »Fressen Fledermäuse Katzen?«, denn, müsst Ihr wissen, da sie keine der beiden Fragen beantworten konnte, kam es nicht darauf an, wie herum sie fragte. Sie merkte, wie sie in einen sanften Schlummer fiel, und hatte gerade zu träumen begonnen, sie ginge Hand in Hand mit Dinah spazieren und fragte sie ganz ernsthaft: »Los, Dinah, sag mir die Wahrheit: Hast du schon jemals eine Fledermaus gefressen?«, als sie plötzlich – plumps! diplumps! – auf einem Haufen von trockenem Laub und Reisig landete und der Sturz zu Ende war.

Alice hatte sich kein bisschen wehgetan, und sogleich sprang sie auf; sie schaute nach oben, doch über ihr war alles dunkel. Vor ihr lag ein weiterer langer Gang, und das Weiße Kaninchen war gerade noch auszumachen, wie es durch ihn davoneilte. Nun zählte jeder Augenblick, und so raste Alice los wie der Wind und hörte es eben noch sagen, bevor es um eine Ecke bog: »Oh, bei meinen Ohren und Schnurrhaaren, so spät schon!« Sie war ihm bereits dicht auf den Fersen, als sie die Ecke erreichte, aber plötzlich war das Kaninchen nicht mehr zu sehen. Sie fand sich in einem langen, niedrigen Saal wieder, der durch eine Reihe Lampen erleuchtet wurde, die von der Decke herunterhingen.

There were doors all round the hall, but they were all locked; and when Alice had been all the way down one side and up the other, trying every door, she walked sadly down the middle, wondering how she was ever to get out again.

Suddenly she came upon a little three-legged table, all made of solid glass: there was nothing on it but a tiny golden key, and Alice's first idea was that this might belong to one of the doors of the hall; but, alas! either the locks were too large, or the key was too small, but at any rate it would not open any of them. However, on the second time round, she came upon a low curtain she had not noticed before, and behind it was a little door about fifteen inches high: she tried the little golden key in the lock, and to her great delight it fitted!

Alice opened the door and found that it led into a small passage, not much larger than a rat-hole: she knelt down and looked along the passage into the loveliest garden you ever saw. How she longed to get out of that dark hall, and wander about among those beds of bright flowers and those cool fountains, but she could not even get her head through the doorway; 'and even if my head *would* go through,' thought poor Alice, 'it would be of very little use without my shoulders. Oh, how I wish I could shut up like a telescope! I think I could, if I only knew how to begin.' For, you see, so many out-of-the-way things had happened lately, that

An den Seiten des Saals gab es lauter Türen, aber sie waren alle verschlossen; und nachdem Alice auf der einen Seite hin- und auf der anderen wieder zurückgelaufen war und an jeder der Türen vergeblich gerüttelt hatte, ging sie schließlich mitten durch den Saal und fragte sich, wie sie hier jemals wieder herauskommen sollte.

Plötzlich stand sie vor einem dreibeinigen Tischchen, ganz aus dickem Glas; darauf lag nichts weiter als ein winziger goldener Schlüssel, und Alices erster Gedanke war, dass er zu einer der Türen des Saals gehören müsse. Aber ach! Entweder waren die Schlösser zu groß oder der Schlüssel war zu klein, jedenfalls würde sich damit keine von ihnen öffnen lassen. Allerdings entdeckte sie bei ihrem zweiten Rundgang einen niedrigen Vorhang, den sie zuvor nicht bemerkt hatte, und hinter diesem verbarg sich eine kleine, etwa fünfzehn Zoll hohe Tür. Sie steckte das goldene Schlüsselchen ins Schloss, und zu ihrer großen Freude passte es!

Alice öffnete die Tür und sah, dass sie in einen schmalen Gang führte, nicht viel größer als ein Mauseloch. Sie kniete sich hin und blickte durch den Gang in den schönsten Garten, den Ihr Euch vorstellen könnt. Wie gern wäre sie dem düsteren Saal entkommen und zwischen den bunten Blumenbeeten und kühlen Springbrunnen umherspaziert, doch sie bekam nicht einmal den Kopf durch die Tür. »Und selbst *wenn* mein Kopf hindurchpasste«, dachte die arme Alice, »wäre er ziemlich nutzlos ohne meine Schultern. Ach, könnte ich mich doch nur zusammenschieben wie ein Fernrohr! Ich glaube, das ginge, wenn ich nur wüsste, wie man damit anfängt.« Denn es waren ja in letzter Zeit so viele merkwürdige Dinge ge-

Alice had begun to think that very few things indeed were really impossible.

There seemed to be no use in waiting by the little door, so she went back to the table, half hoping she might find another key on it, or at any rate a book of rules for shutting people up like telescopes: this time she found a little bottle on it ('which certainly was not here before,' said Alice), and tied round the neck of the bottle was a paper label, with the words 'DRINK ME' beautifully printed on it in large letters.

It was all very well to say 'Drink me,' but the wise little Alice was not going to do *that* in a hurry. 'No, I'll look first,' she said, 'and see whether it's marked *"poison"* or not'; for she had read several nice little stories about children who had got burnt, and eaten up by wild beasts, and other unpleasant things, all because they *would* not remember the simple rules their friends had taught them: such as, that a red-hot poker will burn you if you hold it too long; and that, if you cut your finger *very* deeply with a knife, it usually bleeds; and she had never forgotten that, if you drink much from a bottle marked 'poison,' it is almost certain to disagree with you, sooner or later.

However, this bottle was *not* marked 'poison,' so Alice ventured to taste it, and, finding it very nice (it had, in fact, a sort of mixed flavour of cherry-tart,

schehen, dass Alice allmählich fast gar nichts mehr für unmöglich hielt.

Da es zwecklos schien, bei der kleinen Tür zu warten, ging sie zu dem Tisch zurück und hoffte dabei ein wenig, einen zweiten Schlüssel darauf zu finden, oder doch zumindest ein Buch mit Anleitungen, wie man sich wie ein Fernrohr zusammenschiebt. Diesmal fand sie ein Fläschchen darauf (»das vorhin ganz sicher nicht hier stand«, sagte Alice), und um den Hals des Fläschchens war ein Zettel gebunden, auf dem in großen Lettern die Worte »Trink mich« prangten.

Das ließ sich ja nun leicht sagen, »Trink mich«; aber die kluge kleine Alice wollte sich nicht damit übereilen, es auch zu *tun*. »Nein, ich werde erst nachsehen«, sagte sie, »ob wohl *Gift* darauf steht oder nicht.« Denn sie hatte schon mehrere hübsche kleine Geschichten von Kindern gelesen, die sich verbrannten oder von wilden Tieren gefressen wurden oder sich anderen unangenehmen Dingen gegenübersahen, nur weil sie *partout* die einfachen Regeln nicht beherzigen wollten, die ihre Freunde ihnen mit auf den Weg gegeben hatten, wie zum Beispiel: Wenn du einen rotglühenden Schürhaken zu lange anfasst, wirst du dich verbrennen; und wenn du dir mit einem Messer *ordentlich* tief in den Finger schneidest, blutet es für gewöhnlich. Und so hatte sie selbst niemals wieder vergessen, dass, wenn man zu viel aus einer Flasche mit der Aufschrift *Gift* trinkt, es einem mit ziemlicher Sicherheit früher oder später nicht gut bekommt.

Diese Flasche jedoch trug *keine* solche Aufschrift, also wagte es Alice, davon zu kosten, und da sie den Inhalt sehr schmackhaft fand (er schmeckte nämlich etwa wie ein Ge-

custard, pine-apple, roast turkey, toffy, and hot buttered toast), she very soon finished it off.

*   *   *   *
   *   *   *
*   *   *   *

'What a curious feeling!' said Alice. 'I must be shutting up like a telescope!'

And so it was indeed: she was now only ten inches high, and her face brightened up at the thought that she was now the right size for going through the little door into that lovely garden. First, however, she waited for a few minutes to see if she was going to shrink any further: she felt a little nervous about this; 'for it might end, you know,' said Alice to herself, 'in my going out altogether, like a candle. I wonder what I should be like then?' And she tried to fancy what the flame of a candle looks like after the candle is blown out, for she could not remember ever having seen such a thing.

After a while, finding that nothing more happened, she decided on going into the garden at once; but, alas for poor Alice! when she got to the door, she found she had forgotten the little golden key, and when she went back to the table for it, she found she could not possibly reach it: she could see it quite plainly through the glass, and she tried her best to climb up one of the legs of the

misch aus Kirschkuchen, Vanillesoße, Ananas, gebratenem Truthahn, Sahnekaramell und heißem Buttertoast), hatte sie das Fläschchen schon bald ausgetrunken.

* * * *
* * *
* * * *

»Was für ein komisches Gefühl!«, sagte Alice. »Ich glaube, ich schiebe ich mich gerade zusammen wie ein Fernrohr!«

Und so war es in der Tat: Sie maß jetzt nur noch zehn Zoll und strahlte übers ganze Gesicht bei dem Gedanken, dass sie nun die richtige Größe hatte, um durch die kleine Tür in den reizenden Garten zu gehen. Zunächst aber wartete sie noch einige Minuten, ob sie nicht noch weiter schrumpfen würde; über diesen Punkt war sie nämlich ein wenig beunruhigt, »weil es ja sein könnte«, sagte sich Alice, »dass ich am Schluss völlig ausgehe, wie eine Kerze. Ich frage mich, wie ich dann wohl aussähe?« Und sie versuchte sich vorzustellen, wie die Flamme einer Kerze aussieht, wenn sie erloschen ist, denn sie konnte sich nicht erinnern, so etwas jemals gesehen zu haben.

Als sie nach einer Weile merkte, dass nichts weiter passierte, beschloss sie, sofort in den Garten zu gehen; doch leider – arme Alice! – als sie zu der Tür kam, fiel ihr auf, dass sie das goldene Schlüsselchen vergessen hatte, und nachdem sie zum Tisch zurückgekehrt war, um es zu holen, wurde ihr klar, dass sie es unmöglich mehr erreichen konnte. Durch die Glasplatte hindurch war es ganz deutlich zu sehen, und sie versuchte nach Kräften, an

table, but it was too slippery; and when she had tired herself out with trying, the poor little thing sat down and cried.

'Come, there's no use in crying like that!' said Alice to herself rather sharply. 'I advise you to leave off this minute!' She generally gave herself very good advice (though she very seldom followed it), and sometimes she scolded herself so severely as to bring tears into her eyes; and once she remembered trying to box her own ears for having cheated herself in a game of croquet she was playing against herself, for this curious child was very fond of pretending to be two people. 'But it's no use now,' thought poor Alice, 'to pretend to be two people! Why, there's hardly enough of me left to make *one* respectable person.'

Soon her eye fell on a little glass box that was lying under the table: she opened it, and found in it a very small cake, on which the words 'EAT ME' were beautifully marked in currants. 'Well, I'll eat it,' said Alice, 'and if it makes me grow larger, I can reach the key; and if it makes me grow smaller, I can creep under the door: so either way I'll get into the garden, and I don't care which happens!'

She ate a little bit, and said anxiously to herself 'Which way? Which way?', holding her hand on the top of her head to feel which way it was growing; and she was quite surprised to find that she remained the same size. To be sure, this is what

einem der Tischbeine hinaufzuklettern, aber es war zu glatt; und von all den vergeblichen Versuchen völlig erschöpft, setzte sich das arme kleine Ding auf den Boden und weinte.

»Komm, das hat doch keinen Sinn, so zu heulen!«, ermahnte Alice sich ziemlich schroff, »ich rate dir, sofort damit aufzuhören!« Meistens gab sie sich sehr gute Ratschläge (die sie allerdings nur selten befolgte), und zuweilen schimpfte sie sich selbst dermaßen heftig aus, dass ihr die Tränen kamen; und sie konnte sich noch erinnern, wie sie einmal versucht hatte, sich eine Ohrfeige zu geben, weil sie gemogelt hatte, als sie gegen sich selbst Croquet spielte; denn dieses eigenartige Kind liebte es, so zu tun, als wäre es zu zweit. »Aber jetzt hilft es gar nichts«, dachte die arme Alice, »so zu tun, als ob ich zu zweit wäre. Ach! Von mir ist ja kaum noch genug übrig für *eine* anständige Person!«

Bald danach fiel ihr Blick auf ein gläsernes Kästchen, das unter dem Tisch lag; sie öffnete es und fand darin einen winzigen Kuchen, auf dem in schönster Rosinenschrift die Worte »Iss mich« geschrieben standen. »Na gut, ich esse ihn«, sagte Alice. »Wenn ich davon größer werde, kann ich den Schlüssel erreichen, und wenn ich davon kleiner werde, kann ich unter der Tür durchkriechen – so oder so werde ich in den Garten kommen, und es ist mir völlig einerlei, wie herum das geschieht!«

Sie aß einen kleinen Bissen und fragte sich gespannt: »Wie herum? Wie herum?« Dabei legte sie sich eine Hand auf den Kopf, um zu erfühlen, wie herum sie wohl wuchs; und sie stellte höchst überrascht fest, dass ihre Größe sich nicht veränderte. Nun, das ist zwar meistens

generally happens when one eats cake; but Alice had got so much into the way of expecting nothing but out-of-the-way things to happen, that it seemed quite dull and stupid for life to go on in the common way.

So she set to work, and very soon finished off the cake.

* * * *

* * *

* * * *

der Fall, wenn man Kuchen isst; aber Alice hatte sich schon so sehr an das Eintreten sonderbarer Ereignisse gewöhnt, dass ihr der übliche Gang der Dinge ganz fade und dumm vorkam.

Und so machte sie sich denn über den Kuchen her und hatte ihn im Nu verspeist.

*   *   *   *

*   *   *

*   *   *   *

CHAPTER II

The Pool of Tears

'Curiouser and curiouser!' cried Alice (she was so much surprised, that for the moment she quite forgot how to speak good English). 'Now I'm opening out like the largest telescope that ever was! Good-bye, feet!' (for when she looked down at her feet, they seemed to be almost out of sight, they were getting so far off). 'Oh, my poor little feet, I wonder who will put on your shoes and stockings for you now, dears? I'm sure *I* sha'n't be able! I shall be a great deal too far off to trouble myself about you: you must manage the best way you can–but I must be kind to them,' thought Alice, 'or perhaps they wo'n't walk the way I want to go! Let me see. I'll give them a new pair of boots every Christmas.'

And she went on planning to herself how she would manage it. 'They must go by the carrier,' she thought; 'and how funny it'll seem, sending presents to one's own feet! And how odd the directions will look!

Alice's Right Foot, Esq.
Hearthrug,
near the Fender,
(with Alice's love).

Zweites Kapitel

Der Tränenteich

»Das wird ja immer kuriöser!«, rief Alice (vor lauter Verblüffung vergaß sie völlig, wie man sich richtig ausdrückt). »Jetzt schiebe ich mich auseinander wie das längste Fernrohr, das es jemals gegeben hat! Macht's gut, ihr Füße!« (Denn als sie auf ihre Füße hinuntersah, konnte sie diese kaum mehr erkennen, so weit entfernt waren sie schon.) »Oh, meine armen kleinen Füße, wer wird euch jetzt wohl eure Schuhe und Strümpfe anziehen, ihr Lieben? *Ich* jedenfalls kann das bestimmt nicht mehr! Ich bin viel zu weit weg, um mich mit euch abzugeben; ihr müsst nun sehen, wie ihr allein zurechtkommt – aber ich muss nett zu ihnen sein«, überlegte Alice, »sonst gehen sie vielleicht nicht mehr dorthin, wohin ich gehen möchte. Lass mich mal sehen: Ja, ich werde ihnen jedes Jahr zu Weihnachten ein Paar neue Stiefel schenken.«

Und sofort schmiedete sie Pläne, wie sie das bewerkstelligen würde. »Sie müssen von einem Boten überbracht werden«, dachte sie sich; »wie seltsam das sein wird, seinen eigenen Füßen Geschenke zu schicken! Und wie eigenartig erst die Adresse aussehen wird!

An
Alices rechten Fuß, Wohlgeboren
Auf dem Kaminvorleger beim Ofenschirm
(mit herzlichen Grüßen von Alice)

Oh dear, what nonsense I'm talking!'

Just at this moment her head struck against the roof of the hall: in fact she was now rather more than nine feet high, and she at once took up the little golden key and hurried off to the garden door.

Poor Alice! It was as much as she could do, lying down on one side, to look through into the garden with one eye; but to get through was more hopeless than ever: she sat down and began to cry again.

'You ought to be ashamed of yourself,' said Alice, 'a great girl like you,' (she might well say this), 'to go on crying in this way! Stop this moment, I tell you!' But she went on all the same, shedding gallons of tears, until there was a large pool all round her, about four inches deep, and reaching half down the hall.

After a time she heard a little pattering of feet in the distance, and she hastily dried her eyes to see what was coming. It was the White Rabbit returning, splendidly dressed, with a pair of white kid-gloves in one hand and a large fan in the other: he came trotting along in a great hurry, muttering to himself, as he came, 'Oh! The Duchess, the Duchess! Oh! *Wo'n't* she be savage if I've kept her waiting!' Alice felt so desperate that she was ready to ask help of any one: so, when the Rabbit came near her, she began, in a low, timid voice, 'If you please, Sir—' The Rabbit started violently, dropped the white kid-gloves and the fan, and skurried away into the darkness as hard as he could go.

Du meine Güte, was rede ich da für einen Unsinn!«

Just in diesem Augenblick stieß ihr Kopf gegen die Decke des Saals: Sie war jetzt nämlich schon über neun Fuß groß, und so schnappte sie sich sogleich das goldene Schlüsselchen und eilte hinüber zur Gartentür.

Arme Alice! Alles was sie dort tun konnte, war, sich auf die Seite zu legen und mit einem Auge in den Garten zu linsen; doch dorthin zu gelangen war hoffnungsloser als je zuvor, also setzte sie sich auf und fing erneut an zu weinen.

»Du solltest dich wirklich schämen«, sagte Alice, »ein großes Mädchen wie du« (da hatte sie wohl recht) »immer noch so zu weinen! Hör auf damit, und zwar sofort!« Aber sie weinte trotzdem weiter und vergoss solche Mengen von Tränen, dass sich um sie her ein großer Teich bildete, der ungefähr vier Zoll tief war und den halben Saal bedeckte.

Nach einer Weile hörte sie von ferne das Trippeln von Füßen, und so wischte sie sich hastig die Augen, um zu sehen, wer da gelaufen kam. Es war das Weiße Kaninchen, das, prächtig gekleidet, zurückkehrte und in der einen Hand ein Paar weißer Glacéhandschuhe und in der anderen einen Fächer trug. In großer Eile trabte es den Saal entlang und murmelte dabei vor sich hin: »Herrje, die Herzogin, die Herzogin! Oh, sie wird bestimmt außer sich sein, wenn ich sie warten lasse!« Alice war so verzweifelt, dass sie jeden um Hilfe gebeten hätte. Als das Kaninchen näher kam, begann sie daher mit leiser, zaghafter Stimme: »Ach bitte, mein Herr …« Das Kaninchen fuhr heftig zusammen, ließ die weißen Glacéhandschuhe und den Fächer fallen und flitzte, so schnell seine Beine es trugen, in die Dunkelheit davon.

Alice took up the fan and gloves, and, as the hall was very hot, she kept fanning herself all the time she went on talking. 'Dear, dear! How queer everything is to-day! And yesterday things went on just as usual. I wonder if I've been changed in the night? Let me think: *was* I the same when I got up this morning? I almost think I can remember feeling a little different. But if I'm not the same, the next question is "Who in the world am I?" Ah, *that's* the great puzzle!' And she began thinking over all the children she knew that were of the same age as herself, to see if she could have been changed for any of them.

'I'm sure I'm not Ada,' she said, 'for her hair goes in such long ringlets, and mine doesn't go in ringlets at all; and I'm sure I ca'n't be Mabel, for I know all sorts of things, and she, oh, she knows such a very little! Besides, *she's* she, and *I'm* I, and–oh dear, how puzzling it all is! I'll try if I know all the things I used to know. Let me see: four times five is twelve, and four times six is thirteen, and four times seven is–oh dear! I shall never get to twenty at that rate! However, the Multiplication-Table doesn't signify: let's try Geography. London is the capital of Paris, and Paris is the capital of Rome, and Rome–no, *that's* all wrong, I'm certain! I must have been changed for Mabel! I'll try and say *"How doth the little–"*,' and she crossed her hands on her lap, as if she were saying lessons, and began to repeat it, but her voice sounded hoarse

Alice hob den Fächer und die Handschuhe auf, und da es im Saal sehr heiß war, fächelte sie sich zu, während sie weiterredete: »Du liebe Zeit! Wie verquer heut alles ist! Und gestern lief noch alles wie gewöhnlich. Ob ich wohl in der Nacht ausgewechselt worden bin? Lass mich mal überlegen: War ich *wirklich* dieselbe, als ich heute Morgen aufstand? Es kommt mir fast so vor, als hätte ich einen kleinen Unterschied gespürt. Aber wenn ich nicht mehr dieselbe bin, stellt sich doch die Frage: Wer um alles in der Welt bin ich dann? Ja, *das* ist das große Rätsel!« Und sie begann, alle Kinder ihres Alters, die sie kannte, in Gedanken durchzugehen, um zu sehen, ob sie vielleicht gegen eines von ihnen ausgetauscht worden sein könnte.

»Ada bin ich bestimmt nicht«, sagte sie, »denn ihr Haar hat solche langen Ringellocken, und meins ist überhaupt nicht lockig; und Mabel kann ich auch nicht sein, denn ich weiß ziemlich viele Sachen, und sie, oh, sie weiß ja fast gar nichts! Außerdem ist *sie* sie und *ich* bin ich und – du meine Güte, wie verwirrend das alles ist! Ich will doch mal sehen, ob ich noch all die Dinge weiß, die ich sonst immer wusste. Schauen wir also: Vier mal fünf ist zwölf, und vier mal sechs ist dreizehn, und vier mal sieben ist – ach herrje, auf diese Art komme ich nie bis zwanzig! Aber das Einmaleins hat nichts zu bedeuten; versuchen wir es mit Geografie: London ist die Hauptstadt von Paris, und Paris ist die Hauptstadt von Rom, und Rom – nein, ich wette, das ist *alles* falsch! Dann bin ich also doch gegen Mabel ausgewechselt worden! Ich versuche mal, *Bei einem Wirte …* aufzusagen«, und sie faltete die Hände im Schoß, wie wenn sie ihre Hausaufgaben vortragen

and strange, and the words did not come the same as they used to do:–

'How doth the little crocodile
Improve his shining tail,
And pour the waters of the Nile
On every golden scale!

How cheerfully he seems to grin,
How neatly spreads his claws,
And welcomes little fishes in,
With gently smiling jaws!'

'I'm sure those are not the right words,' said poor Alice, and her eyes filled with tears again as she went on, 'I must be Mabel after all, and I shall have to go and live in that poky little house, and have next to no toys to play with, and oh, ever so many lessons to learn! No, I've made up my mind about it: if I'm Mabel, I'll stay down here! It'll be no use their putting their heads down and saying "Come up again, dear!" I shall only look up and say "Who am I, then? Tell me that first, and then, if I like being that person, I'll come up: if not, I'll stay down here till I'm somebody else"–but, oh dear!' cried Alice, with a sudden burst of tears, I do wish they *would* put their heads down! I am so *very* tired of being all alone here!'

müsste, und fing an, die Verse aufzusagen, aber ihre Stimme klang heiser und sonderbar, und die Worte kamen nicht so heraus wie sonst:

»Bei einem Wirte, wunderwild,
Da war ich jüngst zu Gaste,
Ein Bienennest, das war sein Schild
In einer braunen Tatze.

Es war der grimme Zottelbär,
Bei dem ich eingekehret;
Mit süßem Honigseim hat er
Sich selber wohl genähret!«

»Nein, das sind bestimmt nicht die richtigen Worte«, sagte die arme Alice, und ihre Augen füllten sich wieder mit Tränen, während sie fortfuhr: »Ich muss also doch Mabel sein, und ich werde in diesem winzig kleinen Haus wohnen müssen und so gut wie gar keine Spielsachen haben und – oje! – haufenweise lernen müssen! Aber nichts da, eins ist beschlossene Sache: Falls ich wirklich Mabel bin, dann bleibe ich hier unten! Es wird ihnen nichts nützen, wenn sie ihre Köpfe herunterbeugen und mir von oben zurufen: ›Komm doch wieder herauf, Herzchen!‹ Ich werde einfach zu ihnen hochschauen und sagen: ›Wer bin ich denn dann? Das verratet mir erst einmal, und wenn ich diese Person sein möchte, werde ich kommen; wenn nicht, bleibe ich hier unten, bis ich wer anders bin‹ – aber ach, wie sehr«, schluchzte Alice plötzlich auf, »wie sehr wünschte ich, sie *würden* ihre Köpfe herunterbeugen! Ich bin es *wirklich* leid, hier ganz allein zu sein!«

As she said this she looked down at her hands, and was surprised to see that she had put on one of the Rabbit's little white kid-gloves while she was talking. 'How *can* I have done that?' she thought. 'I must be growing small again.' She got up and went to the table to measure herself by it, and found that, as nearly as she could guess, she was now about two feet high, and was going on shrinking rapidly: she soon found out that the cause of this was the fan she was holding, and she dropped it hastily, just in time to save herself from shrinking away altogether.

'That *was* a narrow escape!' said Alice, a good deal frightened at the sudden change, but very glad to find herself still in existence. 'And now for the garden!' And she ran with all speed back to the little door; but, alas! the little door was shut again, and the little golden key was lying on the glass table as before, 'and things are worse than ever,' thought the poor child, 'for I never was so small as this before, never! And I declare it's too bad, that it is!'

As she said these words her foot slipped, and in another moment, splash! she was up to her chin in salt-water. Her first idea was that she had somehow fallen into the sea, 'and in that case I can go back by railway,' she said to herself. (Alice had been to the seaside once in her life, and had come to the general conclusion that, wherever you go to on the English coast, you find a number of bathing-machines in the sea, some children digging in the

Während sie das sagte, sah sie auf ihre Hände hinunter und bemerkte erstaunt, dass sie beim Reden einen der kleinen weißen Glacéhandschuhe des Kaninchens angezogen hatte. »Wie *kann* ich das nur geschafft haben?«, dachte sie. »Ich muss wieder geschrumpft sein.« Sie stand auf und ging zu dem Tisch, um sich daran zu messen, und sie stellte fest, dass sie nach ihrer Schätzung jetzt nur noch etwa zwei Fuß groß war und zusehends immer noch weiterschrumpfte; schnell erkannte sie, dass der Grund dafür der Fächer war, den sie in der Hand hielt, und hastig ließ sie ihn fallen, gerade noch rechtzeitig, um sich vor dem restlosen Hinwegschrumpfen zu bewahren.

»Das war *wirklich* knapp!«, sagte Alice, ziemlich erschrocken über die plötzliche Veränderung, aber sehr froh, dass sie immer noch da war. »Und jetzt ab in den Garten!« Und so schnell sie konnte, rannte sie zu der kleinen Tür; aber ach, die kleine Tür war wieder verschlossen, und das goldene Schlüsselchen lag nach wie vor auf dem Glastisch. »Und alles ist noch schlimmer als je zuvor«, dachte das arme Kind, »denn so winzig wie jetzt bin ich überhaupt noch nie gewesen! Und das ist doch aber nun wirklich zu dumm, ist das!«

Bei diesen Worten glitt sie aus, und im nächsten Augenblick – platsch! – stand sie bis zum Kinn in Salzwasser. Als Erstes glaubte sie, irgendwie ins Meer gefallen zu sein, »und wenn es so ist«, sagte sie sich, »kann ich ja mit der Eisenbahn zurückfahren.« (Alice war ein Mal in ihrem Leben am Meer gewesen und hatte daraus den allgemeinen Schluss gezogen, dass überall an der englischen Küste zahlreiche Badekarren im Wasser stehen, Kinder mit hölzernen Spaten den Sand aufgraben, dann

sand with wooden spades, then a row of lodging-houses, and behind them a railway-station.) However, she soon made out that she was in the pool of tears which she had wept when she was nine feet high.

'I wish I hadn't cried so much!' said Alice, as she swam about, trying to find her way out. 'I shall be punished for it now, I suppose, by being drowned in my own tears! That *will* be a queer thing, to be sure! However, everything is queer to-day.'

Just then she heard something splashing about in the pool a little way off, and she swam nearer to make out what it was: at first she thought it must be a walrus or hippopotamus, but then she remembered how small she was now, and she soon made out that it was only a mouse, that had slipped in like herself.

'Would it be of any use, now,' thought Alice, 'to speak to this mouse? Everything is so out-of-the-way down here, that I should think very likely it can talk: at any rate, there's no harm in trying.' So she began: 'O Mouse, do you know the way out of this pool? I am very tired of swimming about here, O Mouse!' (Alice thought this must be the right way of speaking to a mouse: she had never done such a thing before, but she remembered having seen, in her brother's Latin Grammar, 'A mouse–of a mouse–to a mouse–a mouse–O mouse!') The mouse looked at her rather inquisitively, and seemed to her to wink with one of its little eyes, but it said nothing.

eine Reihe von Ferienhäusern kommt und dahinter schließlich ein Bahnhof zu finden ist.) Doch schnell wurde ihr klar, dass sie in jenem Tränenteich schwamm, den sie zusammengeweint hatte, als sie noch neun Fuß groß gewesen war.

»Hätte ich doch nur nicht so viel geweint!«, sagte Alice, als sie umherschwamm und wieder herauszukommen versuchte. »Jetzt werde ich vermutlich dafür bestraft, indem ich in meinen eigenen Tränen ertrinke! Das wäre *wirklich* eine seltsame Angelegenheit! Aber heute ist ja alles so seltsam.«

Da hörte sie nicht weit entfernt etwas im Teich herumplätschern, und sie schwamm näher heran, um zu sehen, was es war: Zuerst meinte sie, es sei ein Walross oder ein Nilpferd, doch dann fiel ihr wieder ein, wie klein sie jetzt war, und sie erkannte schnell, dass es sich nur um eine Maus handelte, die ebenso wie sie ins Wasser gefallen war.

»Ob es wohl etwas nützen wird«, dachte Alice, »diese Maus anzureden? Hier unten ist alles so sonderbar, dass es mich nicht wundern würde, wenn sie sprechen kann; nun, jedenfalls schadet es nicht, mal zu fragen.« Also fing sie an: »O Maus, weißt du, wie man aus diesem Teich herauskommt? Ich habe es ziemlich satt, hier herumzuschwimmen, o Maus!« (Alice meinte, das wäre die rechte Anrede für eine Maus; zwar hatte sie etwas Derartiges noch nie getan, doch sie erinnerte sich recht gut, in der lateinischen Grammatik ihres Bruders gelesen zu haben: »Eine Maus – einer Maus – einer Maus – eine Maus – o Maus!«) Die Maus sah sie etwas forschend an und schien ihr mit einem ihrer Äuglein zuzublinzeln, sagte aber nichts.

'Perhaps it doesn't understand English,' thought Alice. 'I daresay it's a French mouse, come over with William the Conqueror.' (For, with all her knowledge of history, Alice had no very clear notion how long ago anything had happened.) So she began again: 'Où est ma chatte?', which was the first sentence in her French lesson-book. The Mouse gave a sudden leap out of the water, and seemed to quiver all over with fright. 'Oh, I beg your pardon!' cried Alice hastily, afraid that she had hurt the poor animal's feelings. 'I quite forgot you didn't like cats.'

'Not like cats!' cried the Mouse in a shrill, passionate voice. 'Would *you* like cats, if you were me?'

'Well, perhaps not,' said Alice in a soothing tone: 'don't be angry about it. And yet I wish I could show you our cat Dinah. I think you'd take a fancy to cats, if you could only see her. She is such a dear quiet thing,' Alice went on, half to herself, as she swam lazily about in the pool, 'and she sits purring so nicely by the fire, licking her paws and washing her face–and she is such a nice soft thing to nurse–and she's such a capital one for catching mice—oh, I beg your pardon!' cried Alice again, for this time the Mouse was bristling all over, and she felt certain it must be really offended. 'We won't talk about her any more, if you'd rather not.'

'We, indeed!' cried the Mouse, who was trembling down to the end of its tail. 'As if *I* would talk

»Vielleicht versteht sie meine Sprache nicht«, dachte Alice. »Sie ist bestimmt eine französische Maus, die mit Wilhelm dem Eroberer herüberkam.« (Denn trotz ihrer Kenntnisse in Geschichte hatte Alice keine sehr klare Vorstellung davon, wie lang ein Ereignis zurücklag.) So versuchte sie es denn erneut: »Où est ma chatte?«, denn das war der erste Satz in ihrem Französischbuch. Da machte die Maus einen Satz aus dem Wasser und schien vor Angst am ganzen Leib zu zittern. »Oh, ich bitte um Verzeihung!«, rief Alice schnell, weil sie fürchtete, das arme Tier gekränkt zu haben. »Ich hatte ganz vergessen, dass du Katzen nicht magst.«

»Katzen nicht magst!«, schrie die Maus mit schriller, zorniger Stimme. »Würdest *du* Katzen mögen, wenn du ich meiner Haut stecktest?«

»Nun ja, vielleicht nicht«, sagte Alice besänftigend, »sei nicht böse deswegen. Und trotzdem würde ich dir gern unsere Katze Dinah zeigen. Ich glaube, du fändest Gefallen an Katzen, wenn du sie nur sehen könntest. Sie ist ein so liebes ruhiges Wesen«, fuhr Alice, halb zu sich selbst gewandt, fort, während sie langsam im Teich umherschwamm, »und sie sitzt so hübsch schnurrend vor dem Kamin, leckt sich die Pfoten und putzt sich das Schnäuzchen – und sie ist ein so niedliches, weiches Ding zum Schmusen – und eine famose Mäusefängerin – oh, ich bitte um Verzeihung!«, rief Alice aufs Neue, denn diesmal sträubte sich der armen Maus das Fell, und Alice war sicher, dass sie nun wirklich beleidigt sein musste. »Wir wollen nicht mehr von ihr sprechen, wenn dir das lieber ist.«

»Wir, natürlich!«, entgegnete die Maus, die bis in die Schwanzspitze zitterte. »Als ob *ich* jemals von so etwas

on such a subject! Our family always *hated* cats: nasty, low, vulgar things! Don't let me hear the name again!'

'I wo'n't indeed!' said Alice, in a great hurry to change the subject of conversation. 'Are you–are you fond–of–of dogs?' The Mouse did not answer, so Alice went on eagerly: 'There is such a nice little dog, near our house, I should like to show you! A little bright-eyed terrier, you know, with oh, such long curly brown hair! And it'll fetch things when you throw them, and it'll sit up and beg for its dinner, and all sorts of things–I ca'n't remember half of them–and it belongs to a farmer, you know, and he says it's so useful, it's worth a hundred pounds! He says it kills all the rats and–oh dear!' cried Alice in a sorrowful tone. 'I'm afraid I've offended it again!' For the Mouse was swimming away from her as hard as it could go, and making quite a commotion in the pool as it went.

So she called softly after it, 'Mouse dear! Do come back again, and we wo'n't talk about cats, or dogs either, if you don't like them!' When the Mouse heard this, it turned round and swam slowly back to her: its face was quite pale (with passion, Alice thought), and it said, in a low trembling voice, 'Let us get to the shore, and then I'll tell you my history, and you'll understand why it is I hate cats and dogs.'

It was high time to go, for the pool was getting quite crowded with the birds and animals that had

sprechen würde! Unsere Familie hat Katzen immer schon *verabscheut*: garstige, niedrige, gemeine Geschöpfe! Erwähne dieses Wort nie wieder!«

»Nein, bestimmt nicht!«, sagte Alice schnell und beeilte sich, das Gesprächsthema zu wechseln. »Magst du – magst du vielleicht – gern Hunde?« Die Maus antwortete nicht darauf, weshalb Alice eifrig fortfuhr: »Es gibt nämlich ein ganz niedliches Hündchen, nicht weit von unserm Haus, das würde ich dir gerne zeigen! Ein kleiner Terrier, weißt du, mit strahlenden Augen und oh, so wuscheligem braunen Fell! Und wenn man etwas wirft, dann bringt er's zurück, und er macht Männchen und bettelt um sein Fressen und kann noch ganz andere Sachen – so viele, ich hab schon die Hälfte vergessen –, und er gehört einem Bauern, weißt du, und der sagt, er sei so nützlich und hundert Pfund wert! Er sagt, er vertilge sämtliche Ratten und – ach, du meine Güte!«, rief Alice bekümmert. »Ich fürchte, ich hab sie schon wieder gekränkt!« Denn die Maus schwamm von ihr weg, so schnell sie konnte, und versetzte dabei den Teich in gehörigen Aufruhr.

So rief sie ihr besänftigend nach: »Liebe Maus! Komm wieder zurück, und wir wollen weder von Katzen noch von Hunden mehr reden, wenn du sie nicht magst!« Als die Maus das hörte, machte sie kehrt und schwamm langsam zu ihr zurück; ihr Gesicht war ganz blass (vor Zorn, dachte Alice), und sie sagte mit leiser, bebender Stimme: »Lass uns ans Ufer schwimmen; dort will ich dir meine Geschichte erzählen, und dann wirst du verstehen, warum ich Katzen und Hunde verabscheue.«

Es war auch höchste Zeit zu verschwinden, denn im Teich wimmelte es nun von allerlei Getier und Vögeln,

fallen into it: there was a Duck and a Dodo, a Lory and an Eaglet, and several other curious creatures. Alice led the way, and the whole party swam to the shore.

die hineingefallen waren: Da gab es eine Ente und einen Dodo, einen Papageienvogel und einen jungen Adler und verschiedene andere kuriose Geschöpfe. Alice schwamm voran, und die ganze Gesellschaft paddelte zum Ufer.

CHAPTER III

A Caucus Race and a Long Tale

They were indeed a queer-looking party that assembled on the bank—the birds with draggled feathers, the animals with their fur clinging close to them, and all dripping wet, cross, and uncomfortable.

The first question of course was, how to get dry again: they had a consultation about this, and after a few minutes it seemed quite natural to Alice to find herself talking familiarly with them, as if she had known them all her life. Indeed, she had quite a long argument with the Lory, who at last turned sulky, and would only say 'I'm older than you, and must know better.' And this Alice would not allow, without knowing how old it was, and, as the Lory positively refused to tell its age, there was no more to be said.

At last the Mouse, who seemed to be a person of some authority among them, called out 'Sit down, all of you, and listen to me! *I'll* soon make you dry enough!' They all sat down at once, in a large ring, with the Mouse in the middle. Alice kept her eyes anxiously fixed on it, for she felt sure she would catch a bad cold if she did not get dry very soon.

'Ahem!' said the Mouse with an important air. 'Are you all ready? This is the driest thing I know.

Drittes Kapitel

Ein Versammlungs-Wettlauf und ein ellenlanger Schwank

Es war in der Tat eine wunderliche Gesellschaft, die sich da am Ufer versammelte – die Vögel mit triefigen Federn, die übrigen Tiere mit klebrig anliegendem Fell, und alle waren tropfnass, mürrisch und fühlten sich unwohl.

Die erste Frage lautete natürlich, wie sie wieder trocken werden würden: Sie hielten darüber eine Beratung ab, und nach wenigen Minuten schien es Alice schon völlig selbstverständlich, so vertraulich mit ihnen zu plaudern, als wäre sie schon ihr Leben lang mit ihnen bekannt. Ja, sie stritt sich sogar eine ganze Weile mit dem Papagei herum, der schließlich schmollte und nur noch sagte: »Ich bin älter als du und muss es also besser wissen.« Dies wollte Alice nicht gelten lassen, ehe sie erfuhr, wie alt er war, und als der Papagei sich regelrecht weigerte, sein Alter zu verraten, erübrigte sich damit jedes weitere Wort.

Schließlich rief die Maus, die anscheinend eine Art Respektsperson in der Gruppe darstellte: »Setzt euch alle mal hin und hört mir zu! *Ich* werde euch bald trocken kriegen!« Sogleich setzten sich alle in einen großen Kreis nieder, in seiner Mitte die Maus. Gespannt ließ Alice sie nicht aus den Augen, denn sie war überzeugt, sich eine tüchtige Erkältung zu holen, wenn sie nicht schleunigst wieder trocken würde.

»Hmhm!«, sagte die Maus mit wichtiger Miene, »seid ihr alle bereit? Dies ist das Trockenste, das ich kenne.

Silence all round, if you please! "William the Conqueror, whose cause was favoured by the pope, was soon submitted to by the English, who wanted leaders, and had been of late much accustomed to usurpation and conquest. Edwin and Morcar, the earls of Mercia and Northumbria—"'

'Ugh!' said the Lory, with a shiver.

'I beg your pardon!' said the Mouse, frowning, but very politely. 'Did you speak?'

'Not I!' said the Lory, hastily.

'I thought you did,' said the Mouse. 'I proceed. "Edwin and Morcar, the earls of Mercia and Northumbria, declared for him; and even Stigand, the patriotic archbishop of Canterbury, found it advisable—"'

'Found *what?*' said the Duck.

'Found *it,*' the Mouse replied rather crossly: 'of course you know what "it" means.'

'I know what "it" means well enough, when *I* find a thing,' said the Duck: 'it's generally a frog, or a worm. The question is, what did the archbishop find?'

The Mouse did not notice this question, but hurriedly went on, '"–found it advisable to go with Edgar Atheling to meet William and offer him the crown. William's conduct at first was moderate. But the insolence of his Normans—" How are you getting on now, my dear?' it continued, turning to Alice as it spoke.

'As wet as ever,' said Alice in a melancholy tone: 'it doesn't seem to dry me at all.'

Ruhe ringsum, wenn ich bitten darf! – ›Wilhelm der Eroberer, dessen Sache vom Papst begünstigt wurde, fand bald Anhang unter den Engländern, die einen Anführer brauchten und die sich in letzter Zeit an Usurpation und Eroberung sehr gewöhnt hatten. Edwin und Morcar, die Grafen von Mercia und Northumbria ...‹«

»Bah!«, sagte der Papagei und schüttelte sich.

»Ich bitte um Verzeihung!«, sagte die Maus stirnrunzelnd, aber ausnehmend höflich. »Sagtest du etwas?«

»Ich? Nein!«, erwiderte der Papagei hastig.

»Es kam mir so vor«, sagte die Maus. »Ich fahre fort: ›Edwin und Morcar, die Grafen von Mercia und Northumbria, erklärten sich für ihn; und selbst Stigand, der patriotische Erzbischof von Canterbury, fand es ratsam ...‹«

»Fand *was*?«, fragte die Ente.

»Fand *es*«, antwortete die Maus ziemlich patzig; »du wirst doch wohl wissen, was ›es‹ bedeutet.«

»Ich weiß sehr gut, was ›es‹ bedeutet, wenn *ich* etwas finde«, sagte die Ente. »›Es‹ ist gewöhnlich ein Frosch oder ein Wurm. Die Frage ist, was fand der Erzbischof?«

Die Maus achtete nicht auf diesen Einwand, sondern fuhr rasch fort: »›... fand es ratsam, im Verein mit Edgar Atheling Wilhelm entgegenzugehen und ihm die Krone anzubieten. Wilhelms Benehmen war zunächst maßvoll, doch die Unverfrorenheit seiner Normannen ...‹ Wie fühlst du dich inzwischen, meine Liebe?«, wandte sie sich dann fragend an Alice.

»Ebenso nass wie zuvor«, sagte Alice bedrückt; »ich scheine davon kein bisschen trocken zu werden.«

'In that case,' said the Dodo solemnly, rising to its feet, 'I move that the meeting adjourn, for the immediate adoption of more energetic remedies—'

'Speak English!' said the Eaglet. 'I don't know the meaning of half those long words, and, what's more, I don't believe you do either!' And the Eaglet bent down its head to hide a smile: some of the other birds tittered audibly.

'What I was going to say,' said the Dodo in an offended tone, 'was, that the best thing to get us dry would be a Caucus-race.'

'What *is* a Caucus-race?' said Alice; not that she much wanted to know, but the Dodo had paused as if it thought that *somebody* ought to speak, and no one else seemed inclined to say anything.

'Why,' said the Dodo, 'the best way to explain it is to do it.' (And, as you might like to try the thing yourself, some winter-day. I will tell you how the Dodo managed it.)

First it marked out a race-course, in a sort of circle, ('the exact shape doesn't matter,' it said,) and then all the party were placed along the course, here and there. There was no 'One, two, three, and away!', but they began running when they liked, and left off when they liked, so that it was not easy to know when the race was over. However, when they had been running half an hour or so, and were quite dry again, the Dodo suddenly called out 'The

»In diesem Fall«, erklärte der Dodo feierlich und richtete sich auf, »stelle ich hiermit den Antrag, dass die Versammlung sich vertage, um zur unmittelbaren Anwendung wirksamerer Arzneien zu schreiten …«

»Sprich klar und verständlich!«, sagte der Adler. »Von der Hälfte dieser langen Wörter verstehe ich den Sinn nicht, und ich glaube, du auch nicht!« Und der Adler senkte den Kopf, um ein Lächeln zu verbergen; einige der anderen Vögel kicherten hörbar.

»Was ich sagen wollte«, versetzte der Dodo beleidigt, »war, dass das beste Mittel, um wieder trocken zu werden, ein Versammlungs-Wettlauf wäre.«

»Was *ist* denn ein Versammlungs-Wettlauf?«, fragte Alice; nicht dass sie es unbedingt wissen wollte, aber der Dodo hatte eine Pause eingelegt, als erwartete er, dass *irgendjemand* sich hierauf zu Wort melden müsse, nur keiner in der Runde schien dazu geneigt zu sein.

»Nun«, meinte der Dodo, »er lässt sich am besten erklären, indem man ihn durchführt.« (Und da Ihr ihn vielleicht an irgendeinem Wintertag selbst ausprobieren möchtet, will ich Euch erzählen, wie der Dodo zu Werke ging.)

Als Erstes legte er die Rennstrecke fest, eine Art Kreis (»es kommt nicht auf die genaue Form an«, sagte er), und dann wurde die ganze Gesellschaft irgendwie darauf verteilt. Es gab aber kein: »Eins, zwei, drei – los!«, sondern alle fingen an zu laufen, wann sie wollten, und hörten ganz nach Belieben auf, sodass sich nicht leicht entscheiden ließ, wann der Wettlauf zu Ende war. Als sie jedoch etwa eine halbe Stunde gerannt und wieder vollständig trocken waren, rief der Dodo plötzlich: »Der Wettlauf ist zu

race is over!', and they all crowded round it, panting, and asking 'But who has won?'

This question the Dodo could not answer without a great deal of thought, and it stood for a long time with one finger pressed upon its forehead (the position in which you usually see Shakespeare, in the pictures of him), while the rest waited in silence. At last the Dodo said '*Everybody* has won, and *all* must have prizes.'

'But who is to give the prizes?' quite a chorus of voices asked.

'Why, *she*, of course,' said the Dodo, pointing to Alice with one finger; and the whole party at once crowded round her, calling out, in a confused way, 'Prizes! Prizes!'

Alice had no idea what to do, and in despair she put her hand in her pocket, and pulled out a box of comfits (luckily the salt water had not got into it), and handed them round as prizes. There was exactly one a-piece, all round.

'But she must have a prize herself, you know,' said the Mouse.

'Of course,' the Dodo replied very gravely. 'What else have you got in your pocket?' it went on, turning to Alice.

'Only a thimble,' said Alice sadly.

'Hand it over here,' said the Dodo.

Then they all crowded round her once more, while the Dodo solemnly presented the thimble, saying 'We beg your acceptance of this elegant

Ende!«, und alle drängten sich keuchend um ihn und fragten: »Aber wer hat gewonnen?«

Diese Frage konnte der Dodo nicht beantworten, ohne gehörig nachzudenken, und er saß lange Zeit da und drückte einen Finger gegen die Stirn (die Pose, in der man üblicherweise Shakespeare abgebildet sieht), während die Übrigen schweigend warteten. Endlich sagte der Dodo: »*Alle* haben gewonnen, und *jeder* muss einen Preis bekommen.«

»Aber wer soll die Preise verteilen?«, fragte gleich ein ganzer Chor von Stimmen.

»Na, *sie* natürlich!«, sagte der Dodo und zeigte mit dem Finger auf Alice; sofort drängten sich alle um sie und schrien wie wild durcheinander: »Preise! Preise!«

Alice hatte keine Ahnung, was sie tun sollte; in ihrer Verzweiflung griff sie mit der Hand in ihre Tasche, zog eine Schachtel mit kandierten Früchten hervor (glücklicherweise war das Salzwasser nicht hineingedrungen) und reichte sie als Preise herum. Für jeden in der Runde gab es genau ein Stückchen.

»Aber sie muss doch auch selbst einen Preis bekommen«, sagte die Maus.

»Versteht sich«, entgegnete der Dodo sehr ernst. »Was hast du sonst noch in deiner Tasche?«, fuhr er fort, indem er sich an Alice wandte.

»Nur einen Fingerhut«, erwiderte Alice traurig.

»Gib ihn her«, sagte der Dodo.

Darauf versammelten sich wieder alle um sie, während der Dodo ihr den Fingerhut feierlich überreichte und sprach: »Untertänigst bitten wir dich, diesen feinen Fin-

thimble'; and, when it had finished this short speech, they all cheered.

Alice thought the whole thing very absurd, but they all looked so grave that she did not dare to laugh; and, as she could not think of anything to say, she simply bowed, and took the thimble, looking as solemn as she could.

The next thing was to eat the comfits: this caused some noise and confusion, as the large birds complained that they could not taste theirs, and the small ones choked and had to be patted on the back. However, it was over at last, and they sat down again in a ring, and begged the Mouse to tell them something more.

'You promised to tell me your history, you know,' said Alice, 'and why it is you hate—C and D,' she added in a whisper, half afraid that it would be offended again.

'Mine is a long and a sad tale!' said the Mouse, turning to Alice, and sighing.

'It *is* a long tail, certainly,' said Alice, looking down with wonder at the Mouse's tail; 'but why do you call it sad?' And she kept on puzzling about it while the Mouse was speaking, so that her idea of the tale was something like this:—

gerhut entgegenzunehmen«; und als er diese kurze Rede beendet hatte, riefen alle Hurra.

Alice fand die ganze Veranstaltung ziemlich albern, aber alle anderen schauten so ernst drein, dass sie sich nicht zu lachen getraute; und da ihr keine passende Erwiderung einfiel, verbeugte sie sich schlicht, nahm den Fingerhut und bemühte sich, dabei möglichst feierlich auszusehen.

Als Nächstes mussten die kandierten Früchte verspeist werden: Dies verursachte einigen Lärm und ein gewisses Durcheinander, da die großen Vögel sich beklagten, sie hätten von ihren gar nichts geschmeckt, und die kleinen sich derart verschluckten, dass man ihnen auf den Rücken klopfen musste. Doch schließlich war auch das überstanden, und alle setzten sich wieder in einen Kreis und baten die Maus, ihnen noch etwas zum Besten zu geben.

»Du hast doch versprochen, mir deine Geschichte zu erzählen«, sagte Alice, »und weshalb du so schlecht zu sprechen bist auf – K. und H.«, fügte sie flüsternd hinzu, aus Angst, der Maus erneut zu nahe zu treten.

»Mein Schwank ist ellenlang und traurig!«, sagte die Maus seufzend, zu Alice gewandt.

»Dein Schwanz *ist* ellenlang, zweifellos«, verhörte sich Alice und blickte dabei staunend auf den Schwanz der Maus; »aber wieso traurig?« Und sie grübelte weiter darüber nach, während die Maus schon erzählte, sodass sie sich deren Geschichte etwa folgendermaßen vorstellte:

'Fury said to a mouse,
That he met in the house,
"Let us both go to law: *I*
will prosecute
you.– Come, I'll
take no denial:
We must
have the
trial; For
really this
morning I've
nothing to do."
Said the mouse
to the cur,
"Such a trial,
dear sir, With
no jury or
judge,
would be
wasting our
breath." "I'll be
judge, I'll be
jury," said cun-
ning old
Fury: "I'll
try the
whole
cause,
and con-
demn you
to death".'

Philax sprach zu der Maus,
die er traf in dem Haus: »Geh
mit mir vor Gericht, dass
ich dich verklage.
Komm und wehr
dich nicht mehr;
ich muss haben
ein Verhör,
denn ich
habe nichts zu
tun schon zwei
Tage.« Sprach
die Maus
zum Köter:
»Solch Ver-
hör, lieber
Herr,
ohne Richter,
ohne Zeugen tut
nicht not.« »Ich
bin Zeuge, ich bin
Richter« sprach er
schlau und
schnitt Ge-
sichter,
»das Ver-
hör leite
ich und
verdamme
dich zum
Tod!«

'You are not attending!' said the Mouse to Alice, severely. 'What are you thinking of?'

'I beg your pardon,' said Alice very humbly: 'you had got to the fifth bend, I think?'

'I had *not!*' cried the Mouse, sharply and very angrily.

'A knot!' said Alice, always ready to make herself useful, and looking anxiously about her 'Oh, do let me help to undo it!'

'I shall do nothing of the sort,' said the Mouse, getting up and walking away. 'You insult me by talking such nonsense!'

'I didn't mean it!' pleaded poor Alice. 'But you're so easily offended, you know!'

The Mouse only growled in reply.

'Please come back, and finish your story!' Alice called after it. And the others all joined in chorus 'Yes, please do!' But the Mouse only shook its head impatiently, and walked a little quicker.

'What a pity it wouldn't stay!' sighed the Lory, as soon as it was quite out of sight. And an old Crab took the opportunity of saying to her daughter 'Ah, my dear! Let this be a lesson to you never to lose *your* temper!' 'Hold your tongue, Ma!' said the young Crab, a little snappishly. 'You're enough to try the patience of an oyster!'

'I wish I had our Dinah here, I know I do!' said Alice aloud, addressing nobody in particular. '*She'd* soon fetch it back!'

»Du hörst ja gar nicht zu!«, sagte die Maus streng zu Alice. »Woran denkst du denn bloß?«

»Ich bitte um Verzeihung«, sagte Alice ziemlich kleinlaut; »du warst bis zur fünften Biegung gekommen, nicht wahr?«

»Aber *mitnichten*!«, rief die Maus scharf und sichtlich verärgert.

»Mit Nichten!«, freute sich Alice und sah sich begierig um, da sie gern neue Bekanntschaften machte. »Oh, wo sind sie denn? Stellst du sie mir vor?«

»Das werde ich schön bleiben lassen«, sagte die Maus, stand auf und entfernte sich. »Du beleidigst mich, wenn du solchen Unsinn daherredest!«

»Das wollte ich nicht!«, entschuldigte sich die arme Alice. »Du bist aber auch ziemlich schnell beleidigt, weißt du!«

Als Antwort ließ die Maus nur ein Brummen hören.

»Bitte, komm doch zurück und erzähl deine Geschichte zu Ende!«, rief Alice ihr nach; und die anderen fielen im Chor mit ein: »Ja, komm zurück!«, aber die Maus schüttelte nur unwillig den Kopf und ging noch ein bisschen schneller.

»Wie schade, dass sie nicht bleiben wollte!«, seufzte der Papagei, als sie nicht mehr zu sehen war; und eine alte Krabbe ergriff die Gelegenheit, zu ihrer Tochter zu sagen: »Nun, meine Liebe! Lass dir das eine Lehre sein, nie *deine* Beherrschung zu verlieren!« »Halt den Mund, Mama!«, entgegnete die junge Krabbe etwas schnippisch. »Bei dir könnte selbst eine Auster die Geduld verlieren!«

»Ich wünschte, ich hätte unsere Dinah hier, wirklich!«, sagte Alice laut, ohne sich an jemand Speziellen zu wenden. »*Die* würde sie bald zurückholen!«

'And who is Dinah, if I might venture to ask the question?' said the Lory.

Alice replied eagerly, for she was always ready to talk about her pet: 'Dinah's our cat. And she's such a capital one for catching mice, you ca'n't think! And oh, I wish you could see her after the birds! Why, she'll eat a little bird as soon as look at it!'

This speech caused a remarkable sensation among the party. Some of the birds hurried off at once: one old Magpie began wrapping itself up very carefully, remarking 'I really must be getting home: the night-air doesn't suit my throat!' And a Canary called out in a trembling voice, to its children, 'Come away, my dears! It's high time you were all in bed!' On various pretexts they all moved off, and Alice was soon left alone.

'I wish I hadn't mentioned Dinah!' she said to herself in a melancholy tone. 'Nobody seems to like her, down here, and I'm sure she's the best cat in the world! Oh, my dear Dinah! I wonder if I shall ever see you any more!' And here poor Alice began to cry again, for she felt very lonely and low-spirited. In a little while, however, she again heard a little pattering of footsteps in the distance, and she looked up eagerly, half hoping that the Mouse had changed his mind, and was coming back to finish his story.

»Und wer ist Dinah, wenn ich fragen darf?«, interessierte sich der Papagei.

Da sie ja immer recht gern über ihren Liebling sprach, antwortete Alice eifrig: »Dinah ist unsere Katze. Ihr würdet es kaum für möglich halten, welch eine famose Mäusefängerin sie ist! Und oh, ich wünschte, ihr könntet sie Vögel jagen sehen! Sowie sie einen kleinen Vogel nur anschaut, hat sie ihn fast schon gefressen!«

Diese Worte riefen in der Gesellschaft eine merkliche Aufregung hervor. Einige der Vögel machten sich schnurstracks davon; eine alte Elster fing an, sich sorgfältig einzuwickeln, und bemerkte: »Ich muss nun wirklich nach Hause; die Nachtluft ist nicht gut für meinen Hals!« Und ein Kanarienvogel rief seinen Kindern mit zittriger Stimme zu: »Kommt jetzt, meine Kleinen! Es ist höchste Zeit, dass ihr ins Bett kommt!« Und unter allerlei Vorwänden machten sich nun alle davon und ließen Alice allein zurück.

»Hätte ich Dinah nur nicht erwähnt!«, sagte sie wehmütig zu sich. »Hier unten scheint niemand sie zu mögen, und dabei ist sie doch die beste Katze auf der ganzen Welt! Ach, meine liebe Dinah! Ob ich dich wohl jemals wiedersehen werde?« Und hier fing die arme Alice erneut an zu weinen, denn sie fühlte sich sehr einsam und niedergeschlagen. Nach einem Weilchen vernahm sie jedoch in der Ferne wieder ein leises Trippeln von Schritten und blickte gespannt auf, in der leisen Hoffnung, die Maus hätte es sich anders überlegt und käme zurück, um ihre Geschichte zu Ende zu erzählen.

Chapter IV

The Rabbit Sends in a Little Bill

It was the White Rabbit, trotting slowly back again, and looking anxiously about as it went, as if it had lost something; and she heard it muttering to itself, 'The Duchess! The Duchess! Oh my dear paws! Oh my fur and whiskers! She'll get me executed, as sure as ferrets are ferrets! Where *can* I have dropped them, I wonder?' Alice guessed in a moment that it was looking for the fan and the pair of white kid-gloves, and she very good-naturedly began hunting about for them, but they were nowhere to be seen–everything seemed to have changed since her swim in the pool; and the great hall, with the glass table and the little door, had vanished completely.

Very soon the Rabbit noticed Alice, as she went hunting about, and called out to her, in an angry tone, 'Why, Mary Ann, what *are* you doing out here? Run home this moment, and fetch me a pair of gloves and a fan! Quick, now!' And Alice was so much frightened that she ran off at once in the direction it pointed to, without trying to explain the mistake that it had made.

'He took me for his housemaid,' she said to herself as she ran. 'How surprised he'll be when he finds out who I am! But I'd better take him his fan and gloves–that is, if I can find them.' As she said

Viertes Kapitel

Das Kaninchen schickt einen kleinen Bill hinein

Es war das Weiße Kaninchen, das langsam zurückgetrottet kam und dabei besorgt umherblickte, als ob es etwas verloren hätte, und sie hörte es vor sich hin murmeln: »Die Herzogin! Die Herzogin! Bei meinen hübschen Pfoten! Und meinem Fell und Schnurrbart! Sie wird mich hinrichten lassen, so gewiss ein Frettchen ein Frettchen ist! Wo *kann* ich sie denn nur verloren haben?« In Sekundenschnelle erriet Alice, dass es den Fächer und die weißen Glacéhandschuhe suchte, und sie machte sich, gutmütig, wie sie war, selbst auf die Suche; aber sie waren nirgends zu sehen – seit ihrem Bad im Teich schien sich alles verändert zu haben, und der große Saal mit dem Glastisch und der kleinen Tür war gänzlich verschwunden.

Sehr bald bemerkte das Kaninchen die suchend umhergehende Alice und rief ihr ärgerlich zu: »Nanu, Mary Ann, was *treibst* du hier draußen? Auf der Stelle läufst du nach Hause und holst mir ein Paar Handschuhe und einen Fächer! Und mach schnell!« Alice war so erschrocken, dass sie sogleich in die Richtung loslief, in die das Kaninchen gezeigt hatte, ohne zu versuchen, den Irrtum aufzuklären.

»Es hat mich für sein Dienstmädchen gehalten«, sagte sie zu sich, als sie so dahinrannte. »Wie es sich wundern wird, wenn es dahinterkommt, wer ich bin! Aber seinen Fächer und seine Handschuhe will ich ihm doch lieber

this, she came upon a neat little house, on the door of which was a bright brass plate with the name 'W. RABBIT' engraved upon it. She went in without knocking, and hurried upstairs, in great fear lest she should meet the real Mary Ann, and be turned out of the house before she had found the fan and gloves.

'How queer it seems,' Alice said to herself, 'to be going messages for a rabbit! I suppose Dinah'll be sending me on messages next!' And she began fancying the sort of thing that would happen: '"Miss Alice! Come here directly, and get ready for your walk!" "Coming in a minute, nurse! But I've got to watch this mouse-hole till Dinah comes back, and see that the mouse doesn't get out." Only I don't think,' Alice went on, 'that they'd let Dinah stop in the house if it began ordering people about like that!'

By this time she had found her way into a tidy little room with a table in the window, and on it (as she had hoped) a fan and two or three pairs of tiny white kid-gloves: she took up the fan and a pair of the gloves, and was just going to leave the room, when her eye fell upon a little bottle that stood near the looking-glass. There was no label this time with the words 'DRINK ME,' but nevertheless she uncorked it and put it to her lips. 'I know *something* interesting is sure to happen,' she said to herself, 'whenever I eat or drink anything: so I'll just see what this bottle does. I do hope it'll make me

bringen – das heißt, falls ich sie finde.« Bei diesen Worten kam sie zu einem schmucken kleinen Haus, an dessen Tür ein glänzendes Messingschild hing, in das der Name »W. Kaninchen« eingraviert war. Ohne anzuklopfen, trat sie ein und lief geschwind die Treppe hinauf, weil sie befürchtete, der echten Mary Ann zu begegnen und aus dem Haus geworfen zu werden, ehe sie Fächer und Handschuhe gefunden hatte.

»Wie komisch es doch ist«, sagte sich Alice, »für ein Kaninchen Botengänge zu erledigen! Als Nächstes wird mich vermutlich Dinah mit einem Auftrag losschicken!« Und sie malte sich aus, was dann wohl passieren würde: »›Fräulein Alice! Kommen Sie unverzüglich hierher und machen Sie sich zum Ausgehen fertig!‹ ›Ich komme gleich, Fräulein! Aber erst muss ich noch dieses Mauseloch hier bewachen, bis Dinah zurück ist, damit die Maus nicht entwischt.‹ Nur glaube ich nicht«, fuhr Alice fort, »dass man Dinah im Haus bleiben ließe, wenn sie anfinge, die Leute derart herumzukommandieren.«

Mittlerweile war sie in ein sauberes kleines Zimmer gelangt; vor dem Fenster stand ein Tisch, und darauf lagen (wie sie gehofft hatte) ein Fächer und zwei oder drei Paar winzige weiße Glacéhandschuhe; sie nahm den Fächer und ein Paar Handschuhe an sich und wollte gerade das Zimmer verlassen, als ihr Blick auf ein Fläschchen fiel, das in der Nähe des Spiegels stand. Diesmal gab es zwar kein Zettelchen mit den Worten »Trink mich«, doch sie entkorkte es trotzdem und führte es an die Lippen. »*Irgendwas* Interessantes passiert ja mit Sicherheit«, sagte sie sich, »sobald ich etwas esse oder trinke; also werde ich einfach mal schauen, was diese Flasche bewirkt. Ich hoffe sehr,

grow large again, for really I'm quite tired of being such a tiny little thing!'

It did so indeed, and much sooner than she had expected: before she had drunk half the bottle, she found her head pressing against the ceiling, and had to stoop to save her neck from being broken. She hastily put down the bottle, saying to herself 'That's quite enough–I hope I sha'n't grow any more–As it is, I ca'n't get out at the door–I do wish I hadn't drunk quite so much!'

Alas! It was too late to wish that! She went on growing, and growing, and very soon had to kneel down on the floor: in another minute there was not even room for this, and she tried the effect of lying down with one elbow against the door, and the other arm curled round her head. Still she went on growing, and, as a last resource, she put one arm out of the window, and one foot up the chimney, and said to herself 'Now I can do no more, whatever happens. What *will* become of me?'

Luckily for Alice, the little magic bottle had now had its full effect, and she grew no larger: still it was very uncomfortable, and, as there seemed to be no sort of chance of her ever getting out of the room again, no wonder she felt unhappy.

'It was much pleasanter at home,' thought poor Alice, 'when one wasn't always growing larger and smaller, and being ordered about by mice and rab-

dass sie mich wieder größer macht, denn ich bin es wirklich leid, ein solch winzig kleines Ding zu sein!«

Und das tat die Flasche wahrhaftig, und zwar viel schneller, als Alice erwartet hatte: Kaum war die Flasche halb ausgetrunken, da spürte sie bereits, wie ihr Kopf gegen die Decke drückte, und sie musste sich bücken, damit sie sich nicht das Genick brach. Flugs stellte sie die Flasche ab und sagte sich: »Das genügt vollkommen – hoffentlich wachse ich nicht noch weiter – ich passe ohnehin schon nicht mehr durch die Tür – hätte ich doch nur nicht so viel davon getrunken!«

Doch leider – dieser Wunsch kam zu spät. Sie wuchs weiter und weiter und musste sich schon bald auf den Fußboden niederknien; doch in der nächsten Minute reichte selbst dafür der Platz nicht mehr aus, und sie versuchte, wie es wäre, wenn sie sich hinlegte und dabei einen Ellbogen gegen die Tür stemmte und sich den anderen Arm um den Kopf schlang. Aber sie wuchs immer noch weiter, und als letzten Ausweg streckte sie einen Arm zum Fenster hinaus und einen Fuß den Kamin hinauf und sagte sich dann: »Jetzt kann ich nichts mehr tun, was auch geschehen mag. Was *soll* nur aus mir werden?«

Alice konnte von Glück sagen, dass das magische Fläschchen bereits seine volle Wirkung entfaltet hatte und sie nicht mehr größer wurde. Dennoch empfand sie ihre Lage als recht unbequem, und da keinerlei Aussicht zu bestehen schien, jemals wieder aus diesem Zimmer herauszukommen, war es kein Wunder, dass sie sich ziemlich elend fühlte.

»Da war es doch zu Hause viel angenehmer«, dachte die arme Alice, »als man nicht andauernd größer und kleiner wurde und sich nicht von Mäusen und Kaninchen herum-

bits. I almost wish I hadn't gone down that rabbit-hole–and yet–and yet–it's rather curious, you know, this sort of life! I do wonder what *can* have happened to me! When I used to read fairy tales, I fancied that kind of thing never happened, and now here I am in the middle of one! There ought to be a book written about me, that there ought! And when I grow up, I'll write one–but I'm grown up now,' she added in a sorrowful tone: 'at least there's no room to grow up any more *here.*'

'But then,' thought Alice, 'shall I *never* get any older than I am now? That'll be a comfort, one way–never to be an old woman–but then–always to have lessons to learn! Oh, I shouldn't like *that!*'

'Oh, you foolish Alice!' she answered herself. 'How can you learn lessons in here? Why, there's hardly room for *you,* and no room at all for any lesson-books!'

And so she went on, taking first one side and then the other, and making quite a conversation of it altogether; but after a few minutes she heard a voice outside, and stopped to listen.

'Mary Ann! Mary Ann!' said the voice. 'Fetch me my gloves this moment!' Then same a little pattering of feet on the stairs. Alice knew it was the Rabbit coming to look for her, and she trembled till she shook the house, quite forgetting that she was now about a thousand times as large as the Rabbit, and had no reason to be afraid of it.

kommandieren lassen musste. Ich wünschte fast, ich wäre nicht in dieses Kaninchenloch hineingesprungen – und trotzdem – trotzdem – diese Lebensweise ist doch wirklich zu kurios! Was *kann* denn nur mit mir passiert sein? Früher, wenn ich Märchen las, dachte ich immer, dass solche Dinge sowieso nie geschehen könnten, und jetzt stecke ich mittendrin! Es sollte ein Buch über mich geschrieben werden, ja, das sollte es! Und wenn ich groß bin, werde ich selbst eins schreiben – aber eigentlich bin ich ja schon groß«, fügte sie bekümmert hinzu, »zumindest reicht der Platz nicht aus, um *hier* noch größer zu werden.«

»Aber dann«, dachte Alice, »werde ich ja wohl auch *nie* älter, als ich jetzt bin? Das wäre immerhin ein gewisser Trost, einerseits – nie eine alte Frau zu werden – aber andererseits – immerzu Lektionen lernen zu müssen! Oh, *das* würde mir gar nicht gefallen!«

»Ach, du närrische Alice!«, antwortete sie sich selbst. »Wie sollst du denn hier drin Lektionen lernen? Es ist ja schon für *dich* kaum genug Platz, und überhaupt gar keiner für irgendwelche Schulbücher!«

Und so fuhr sie fort, indem sie zuerst den einen und dann den anderen Standpunkt einnahm und so ein richtiges Gespräch führte; aber nach einigen Minuten hörte sie draußen eine Stimme und hielt inne, um zu lauschen.

»Mary Ann! Mary Ann!«, rief die Stimme. »Hol mir sofort meine Handschuhe!« Fast gleichzeitig hörte man leises Fußgetrippel auf der Treppe. Alice wusste, es war das Kaninchen, das nach ihr suchte, und sie zitterte so sehr, dass das Haus wackelte, denn sie vergaß völlig, dass sie jetzt etwa tausendmal so groß wie das Kaninchen war und keinen Grund mehr hatte, sich vor ihm zu fürchten.

Presently the Rabbit came up to the door, and tried to open it; but, as the door opened inwards, and Alice's elbow was pressed hard against it, that attempt proved a failure. Alice heard it say to itself 'Then I'll go round and get in at the window.'

'*That* you wo'n't!' thought Alice, and, after waiting till she fancied she heard the Rabbit just under the window, she suddenly spread out her hand, and made a snatch in the air. She did not get hold of anything, but she heard a little shriek and a fall, and a crash of broken glass, from which she concluded that it was just possible it had fallen into a cucumber-frame, or something of the sort.

Next came an angry voice–the Rabbit's–'Pat! Pat! Where are you?' And then a voice she had never heard before, 'Sure then I'm here! Digging for apples, yer honour!'

'Digging for apples, indeed!' said the Rabbit angrily. 'Here! Come and help me out of *this!*' (Sounds of more broken glass.)

'Now tell me, Pat, what's that in the window?'

'Sure, it's an arm, yer honour!' (He pronounced it 'arrum.')

'An arm, you goose! Who ever saw one that size? Why, it fills the whole window!'

'Sure, it does, yer honour: but it's an arm for all that.'

'Well, it's got no business there, at any rate: go and take it away!'

Im Nu war das Kaninchen an der Tür und versuchte, sie zu öffnen; da aber die Tür nach innen aufging und Alice ihren Ellbogen fest dagegenstemmte, erwies sich dieser Versuch als vergeblich. Alice hörte, wie es zu sich sagte: »Dann gehe ich eben ums Haus herum und steige durchs Fenster ein.«

»*Das* wirst du nicht!«, dachte Alice, und nachdem sie abgewartet hatte, bis sie das Kaninchen just unter dem Fenster zu hören glaubte, streckte sie plötzlich ihre Hand aus und tat einen Griff in die Luft. Sie bekam zwar nichts zu fassen, hörte aber einen kleinen Schrei, dann einen Aufprall und das Klirren von zerbrochenem Glas, woraus sie schloss, dass es möglicherweise in ein Frühbeet für Gurken oder dergleichen gefallen war.

Als Nächstes ertönte eine wütende Stimme – die des Kaninchens: »Pat! Pat! Wo bist du denn?« Und dann eine Stimme, die sie vorher noch nie gehört hatte: »Na, ich bin doch hier! Grabe nach Äpfeln, Euer Wohltat!«

»Gräbst nach Äpfeln, natürlich!«, erboste sich das Kaninchen. »Hierher! Komm und hilf mir *hier* heraus!« (Wieder das Klirren von Scherben.)

»Jetzt sag mir mal, Pat, was ist das dort oben im Fenster?«

»Glasklar, das is 'n Arm, Euer Wohltat!« (Bei ihm klang es wie »Ahm«.)

»Ein Arm, du Dummkopf! Wer hat denn je einen derart großen Arm gesehen? Der füllt ja das ganze Fenster aus!«

»Jawoll, das tut er, Euer Wohltat; aber trotzdem isses 'n Arm.«

»Na schön, jedenfalls hat er dort nichts zu suchen: Geh und schaff ihn weg!«

There was a long silence after this, and Alice could only hear whispers now and then; such as 'Sure, I don't like it, yer honour, at all, at all!' 'Do as I tell you, you coward!', and at last she spread out her hand again, and made another snatch in the air. This time there were *two* little shrieks, and more sounds of broken glass. 'What a number of cucumber-frames there must be!' thought Alice. 'I wonder what they'll do next! As for pulling me out of the window, I only wish they *could!* I'm sure *I* don't want to stay in here any longer!'

She waited for some time without hearing anything more: at last came a rumbling of little cart-wheels, and the sound of a good many voices all talking together: she made out the words: 'Where's the other ladder?–Why, I hadn't to bring but one. Bill's got the other–Bill! Fetch it here, lad!–Here, put 'em up at this corner–No, tie 'em together first–they don't reach half high enough yet–Oh, they'll do well enough. Don't be particular–Here, Bill! Catch hold of this rope–Will the roof bear?–Mind that loose slate–Oh, it's coming down! Heads below!' (a loud crash)–'Now, who did that?–It was Bill, I fancy–Who's to go down the chimney?–Nay, *I* sha'n't! *You* do *it!–That* I wo'n't, then!–Bill's got to go down–Here, Bill! The master says you've got to go down the chimney!'

'Oh! So Bill's got to come down the chimney, has he?' said Alice to herself. 'Why, they seem to put everything upon Bill! I wouldn't be in Bill's place for a good deal: this fireplace is narrow, to be sure; but I *think* I can kick a little!'

Darauf folgte eine lange Stille, und Alice vernahm jetzt nur ab und zu noch ein Flüstern, wie: »Na, gefallen will mir das nich, Euer Wohltat, ganz und gar überhaupt nich!« »Tu, was ich dir sage, du Feigling!« Und schließlich streckte sie die Hand wieder aus und tat einen zweiten Griff in die Luft. Diesmal waren *zwei* kleine Schreie zu hören und noch mehr Geklirr von zerbrochenem Glas. »Wie viele Gurkenbeete es hier geben muss!«, dachte Alice. »Ich frage mich, was sie als Nächstes machen! Mich zum Fenster herausziehen? Ach, wenn sie das nur *könnten*! Jedenfalls möchte *ich* nicht noch länger hier drinbleiben!«

Sie wartete eine Weile, ohne etwas zu hören; dann rumpelten schließlich kleine Wagenräder heran und viele Stimmen redeten wild durcheinander; einiges ließ sich sogar verstehen: »Wo ist die zweite Leiter? – Aber ich sollte doch nur eine bringen. Bill hat die andere. – Bill, bring sie her, mein Junge! – Hier, lehnt sie an diese Ecke. – Nein, bindet sie erst zusammen. – Die reichen ja nich einmal halb hinauf. – Ach was, die reichen schon. Sei nich so ein Haarspalter. – Hier, Bill! Fang das Seil auf. – Wird das Dach auch halten? – Pass auf, der Ziegel is locker. – Ach du Schreck, er kommt! Köpfe runter!« (ein lautes Krachen) – »Wer war denn das jetzt? – Bill, glaube ich. – Wer steigt runter in den Kamin? – *Ich* jedenfalls nich! Mach *du's* doch! – Also, *so* weit kommt's noch! – Bill soll hinuntersteigen. – Hierher, Bill! Der Herr sagt, du sollst den Kamin hinuntersteigen!«

»Oh! Bill soll also durch den Kamin einsteigen, wie?«, sagte Alice zu sich selbst. »Nun, sie scheinen ja alles auf Bill abzuwälzen! In Bills Haut möchte ich wirklich nicht stecken: Der Kamin ist zwar ziemlich eng, aber ich *denke*, für einen kleinen Tritt wird es reichen!«

She drew her foot as far down the chimney as she could, and waited till she heard a little animal (she couldn't guess of what sort it was) scratching and scrambling about in the chimney close above her: then, saying to herself 'This is Bill', she gave one sharp kick, and waited to see what would happen next.

The first thing she heard was a general chorus of 'There goes Bill!' then the Rabbit's voice alone—'Catch him, you by the hedge!' then silence, and then another confusion of voices—'Hold up his head—Brandy now—Don't choke him—How was it, old fellow? What happened to you? Tell us all about it!'

Last came a little feeble, squeaking voice ('That's Bill,' thought Alice), 'Well, I hardly know—No more, thank ye; I'm better now—but I'm a deal too flustered to tell you—all I know is, something comes at me like a Jack-in-the-box, and up I goes like a sky-rocket!'

'So you did, old fellow!' said the others.

'We must burn the house down!' said the Rabbit's voice. And Alice called out, as loud as she could, 'If you do, I'll set Dinah at you!'

There was a dead silence instantly, and Alice thought to herself 'I wonder what they *will* do next! If they had any sense, they'd take the roof off.' After a minute or two, they began moving about again, and Alice heard the Rabbit say 'A barrowful will do, to begin with.'

'A barrowful *of what?*' thought Alice. But she had not long to doubt, for the next moment a shower

So weit es ging, zog sie ihren Fuß aus dem Kamin zurück und wartete dann, bis sie dicht über sich ein kleines Tier (um was genau es sich handelte, war schwer zu sagen) im Kamin scharren und herumklettern hörte; da sagte sie sich: »Das muss Bill sein«, trat mit dem Fuß einmal kräftig nach oben und wartete, was jetzt wohl geschah.

Als Erstes hörte sie ein vielstimmiges »Da fliegt Bill!«, dann einzeln die Stimme des Kaninchens: »Du da bei der Hecke, fang ihn auf!«, danach Stille, und dann abermals Stimmengewirr: »Halt seinen Kopf hoch. – Jetzt etwas Kognak. – Pass auf, dass er sich nich verschluckt. – Wie war's denn, alter Junge? Was is passiert? Nun erzähl schon!«

Zuletzt war ein schwaches, piepsiges Stimmchen zu hören (»das ist Bill«, dachte Alice): »Tja, ich bin nich ganz sicher – nix mehr, danke; geht schon wieder –, bin nur noch viel zu verdattert, um euch was zu erzählen – ich weiß nur, irgendwas stürzt auf mich los wie 'n Springteufel, und dann geh ich ab wie 'ne Feuerwerksrakete!«

»Haargenau, alter Junge!«, sagten die andern.

»Wir müssen das Haus niederbrennen!«, ließ sich die Stimme des Kaninchens vernehmen. Da schrie Alice, so laut sie konnte: »Wenn ihr das tut, hetze ich Dinah auf euch!«

Schlagartig war es totenstill, und Alice dachte bei sich: »Was sie *jetzt* wohl als Nächstes tun werden? Wenn sie einen Funken Verstand hätten, würden sie das Dach abnehmen.« Nach einigen Minuten begannen sie sich wieder zu regen, und Alice hörte das Kaninchen sagen: »Eine Schubkarre voll ist fürs Erste genug.«

»Eine Schubkarre voll *was*?«, dachte Alice. Aber sie blieb nicht lange im Ungewissen, denn augenblicks pras-

of little pebbles came rattling in at the window, and some of them hit her in the face. 'I'll put a stop to this,' she said to herself, and shouted out 'You'd better not do that again!', which produced another dead silence.

Alice noticed, with some surprise, that the pebbles were all turning into little cakes as they lay on the floor, and a bright idea came into her head. 'If I eat one of these cakes,' she thought, 'it's sure to make *some* change in my size; and, as it ca'n't possibly make me larger, it must make me smaller, I suppose.'

So she swallowed one of the cakes, and was delighted to find that she began shrinking directly. As soon as she was small enough to get through the door, she ran out of the house, and found quite a crowd of little animals and birds waiting outside. The poor little Lizard, Bill, was in the middle, being held up by two guinea-pigs, who were giving it something out of a bottle. They all made a rush at Alice the moment she appeared; but she ran off as hard as she could, and soon found herself safe in a thick wood.

'The first thing I've got to do,' said Alice to herself, as she wandered about in the wood, 'is to grow to my right size again; and the second thing is to find my way into that lovely garden. I think that will be the best plan.'

It sounded an excellent plan, no doubt, and very neatly and simply arranged: the only difficulty was, that she had not the smallest idea how to set about

selte ein Regen kleiner Kieselsteine zum Fenster herein, und einige davon trafen sie im Gesicht. »Dem werde ich ein Ende setzen«, sagte sie sich und schrie hinaus: »Das solltet ihr lieber sein lassen!«, worauf es erneut totenstill wurde.

Alice bemerkte mit einigem Erstaunen, dass sich sämtliche Kieselsteine, als sie so auf dem Boden lagen, in kleine Kuchen verwandelten, und es kam ihr eine glänzende Idee. »Wenn ich einen von diesen Kuchen esse«, überlegte sie, »wird sich meine Größe bestimmt *irgendwie* verändern; und da mich das unmöglich noch größer machen kann, werde ich davon wohl vermutlich kleiner werden.«

Also schluckte sie einen der Kuchen hinunter und stellte zu ihrer Freude fest, dass sie augenblicklich zu schrumpfen begann. Sobald sie klein genug war, um durch die Tür zu passen, rannte sie aus dem Haus und sah draußen einen wahren Auflauf von kleinen Tieren und Vögeln, die dort warteten. In der Mitte stand die arme kleine Eidechse, Bill, gestützt von zwei Meerschweinchen, die ihm etwas aus einer Flasche einflößten. Kaum war Alice erschienen, da stürzten auch schon alle auf sie zu; sie aber lief davon, so schnell sie konnte, und bald befand sie sich in einem dichten Wald in Sicherheit.

»Als Erstes«, sagte sich Alice, während sie so durch den Wald streifte, »werde ich zusehen müssen, dass ich wieder meine richtige Größe erreiche; und zweitens muss ich den Weg zurück zu dem hübschen Garten finden. Das dürfte wohl der beste Plan sein.«

Der Plan klang zweifellos vortrefflich, sehr klar und einfach ausgedacht; die Schwierigkeit bestand nur darin, dass sie nicht die leiseste Ahnung hatte, wie sie ihn ausfüh-

it; and, while she was peering about anxiously among the trees, a little sharp bark just over her head made her look up in a great hurry.

An enormous puppy was looking down at her with large round eyes, and feebly stretching out one paw, trying to touch her. 'Poor little thing!' said Alice, in a coaxing tone, and she tried hard to whistle to it; but she was terribly frightened all the time at the thought that it might be hungry, in which case it would be very likely to eat her up in spite of all her coaxing.

Hardly knowing what she did, she picked up a little bit of stick, and held it out to the puppy: whereupon the puppy jumped into the air off all its feet at once, with a yelp of delight, and rushed at the stick, and made believe to worry it: then Alice dodged behind a great thistle, to keep herself from being run over; and, the moment she appeared on the other side, the puppy made another rush at the stick, and tumbled head over heels in its hurry to get hold of it: then Alice, thinking it was very like having a game of play with a cart-horse, and expecting every moment to be trampled under its feet, ran round the thistle again: then the puppy began a series of short charges at the stick, running a very little way forwards each time and a long way back, and barking hoarsely all the while, till at last it sat down a good way off, panting, with its tongue hanging out of its mouth, and its great eyes half shut.

This seemed to Alice a good opportunity for making her escape: so she set off at once, and ran

ren sollte; und während sie noch ängstlich zwischen den Bäumen umherspähte, ließ ein kurzes, scharfes Bellen direkt über ihrem Kopf sie hastig aufblicken.

Ein riesenhafter junger Hund sah mit seinen großen Kulleraugen auf sie herunter und streckte sacht eine Pfote nach ihr aus. »Armes kleines Ding!«, sagte Alice mit einschmeichelnder Stimme und gab sich alle Mühe, ihm zu pfeifen; dabei hatte sie jedoch schreckliche Angst, dass er vielleicht hungrig sein könnte, denn dann würde er sie sehr wahrscheinlich auffressen trotz all ihres guten Zuredens.

Ohne recht zu wissen, was sie tat, hob sie ein Stöckchen auf und hielt es dem Hündchen hin; worauf dieses mit allen vieren zugleich in die Luft sprang, vor Freude aufjaulte, sich auf das Stöckchen stürzte und so aussah, als würde es gleich danach schnappen. Da duckte sich Alice hinter eine große Distel, um nicht überrannt zu werden; und als sie auf der andern Seite hervorkam, stürzte der junge Hund wieder auf das Stöckchen los und machte vor lauter Eifer, es zu erhaschen, eine Rolle vorwärts. Alice, der es allmählich vorkam, als spiele sie mit einem Zugpferd, und die jeden Augenblick damit rechnete, unter seinen Füßen zertrampelt zu werden, lief abermals hinter die Distel; dann unternahm der Welpe mehrere kurze Attacken auf das Stöckchen, wobei er jedes Mal ein klein wenig vorwärts- und ein großes Stück zurückrannte und ein heiseres Bellen hören ließ, bis er sich endlich in einiger Entfernung mit heraushängender Zunge und halb geschlossenen Augen keuchend hinsetzte.

Dies schien Alice eine gute Gelegenheit, sich aus dem Staub zu machen; also lief sie los und rannte, bis sie ganz

till she was quite tired and out of breath, and till the puppy's bark sounded quite faint in the distance.

'And yet what a dear little puppy it was!' said Alice, as she leant against a buttercup to rest herself, and fanned herself with one of the leaves. 'I should have liked teaching it tricks very much, if—if I'd only been the right size to do it! Oh dear! I'd nearly forgotten that I've got to grow up again! Let me see—how *is* it to be managed? I suppose I ought to eat or drink something or other; but the great question is "What?"'

The great question certainly was 'What?' Alice looked all round her at the flowers and the blades of grass, but she could not see anything that looked like the right thing to eat or drink under the circumstances. There was a large mushroom growing near her, about the same height as herself; and, when she had looked under it, and on both sides of it, and behind it, it occurred to her that she might as well look and see what was on the top of it.

She stretched herself up on tiptoe, and peeped over the edge of the mushroom, and her eyes immediately met those of a large blue caterpillar, that was sitting on the top, with its arms folded, quietly smoking a long hookah, and taking not the smallest notice of her or of anything else.

müde und außer Atem war und sich das Bellen des Hundes nur noch ganz schwach und weit entfernt anhörte.

»Und trotzdem war es ein liebes kleines Hündchen!«, sagte Alice, als sie sich an eine Butterblume lehnte, um auszuruhen, und sich mit einem der Blätter Luft zufächelte. »Ich hätte ihm gern einige Kunststücke beigebracht, wenn – wenn ich dafür nur groß genug gewesen wäre! Du meine Güte! Ich hätte beinahe vergessen, dass ich ja wieder wachsen muss! Aber – wie *lässt* sich das wohl anstellen? Ich sollte vermutlich irgendetwas essen oder trinken; die große Frage ist nur: was?«

Das war wirklich die große Frage. Alice sah sich rundum alle Blumen und Grashalme an, konnte aber nichts entdecken, das den Eindruck erweckte, dass es unter den gegebenen Umständen gegessen oder getrunken werden sollte. Ganz in ihrer Nähe wuchs ein großer Pilz, ungefähr so hoch wie sie selbst; und nachdem sie ihn von unten und von beiden Seiten und von hinten betrachtet hatte, kam ihr der Gedanke, dass sie ja ebenso gut einmal schauen könnte, was oben darauf war.

Sie stellte sich auf die Zehenspitzen und lugte über den Rand des Pilzes hinweg, und sogleich begegnete ihr Blick dem einer großen blauen Raupe, die mit verschränkten Armen dort oben saß und gemächlich aus einer großen Wasserpfeife rauchte, ohne von ihr oder sonst irgendetwas auch nur die geringste Notiz zu nehmen.

Chapter V

Advice from a Caterpillar

The Caterpillar and Alice looked at each other for some time in silence: at last the Caterpillar took the hookah out of its mouth, and addressed her in a languid, sleepy voice.

'Who are *you?*' said the Caterpillar.

This was not an encouraging opening for a conversation. Alice replied, rather shyly, 'I—I hardly know, Sir, just at present—at least I know who I *was* when I got up this morning, but I think I must have been changed several times since then.'

'What do you mean by that?' said the Caterpillar, sternly. 'Explain yourself!'

'I ca'n't explain *myself*, I'm afraid, Sir,' said Alice, 'because I'm not myself, you see.'

'I don't see,' said the Caterpillar.

'I'm afraid I ca'n't put it more clearly,' Alice replied, very politely, 'for I ca'n't understand it myself, to begin with; and being so many different sizes in a day is very confusing.'

'It isn't,' said the Caterpillar.

'Well, perhaps you haven't found it so yet,' said Alice; 'but when you have to turn into a chrysalis—you will some day, you know—and then after that into a butterfly, I should think you'll feel it a little queer, wo'n't you?'

Fünftes Kapitel

Rat von einer Raupe

Eine Weile lang betrachteten die Raupe und Alice einander schweigend; endlich nahm die Raupe die Wasserpfeife aus dem Mund und sprach Alice mit matter, schläfriger Stimme an.

»Wer bist denn *du*?«, fragte die Raupe.

Das war kein sehr ermutigender Gesprächsanfang. Alice erwiderte ziemlich schüchtern: »Ich – ich bin mir nicht sicher, mein Herr, jedenfalls im Moment nicht – immerhin weiß ich, wer ich heute morgen *war*, als ich aufstand; aber seitdem muss ich wohl mehrmals vertauscht worden sein.«

»Was meinst du damit?«, fragte die Raupe streng. »Erkläre dich!«

»Ich fürchte, ich kann *mich* nicht erklären, mein Herr«, sagte Alice, »weil ich nicht ich bin, verstehen Sie?«

»Verstehe ich nicht«, sagte die Raupe.

»Ich kann es leider nicht besser ausdrücken«, entgegnete Alice sehr höflich, »denn erstens verstehe ich es selbst nicht, und zweitens ist es sehr verwirrend, an einem einzigen Tag so viele verschiedene Größen zu haben.«

»Ist es nicht«, sagte die Raupe.

»Nun, vielleicht haben Sie das noch nicht so erlebt«, sagte Alice, »aber wenn Sie sich verpuppen müssen – und das müssen Sie eines Tages, wissen Sie – und sich danach in einen Schmetterling zu verwandeln haben, dann wird Ihnen das doch bestimmt auch etwas sonderbar vorkommen, oder nicht?«

'Not a bit,' said the Caterpillar.

'Well, perhaps *your* feelings may be different,' said Alice: 'all I know is, it would feel very queer to *me*.'

'You!' said the Caterpillar contemptuously. 'Who are *you?*'

Which brought them back again to the beginning of the conversation. Alice felt a little irritated at the Caterpillar's making such *very* short remarks, and she drew herself up and said, very gravely, 'I think you ought to tell me who *you* are, first.'

'Why?' said the Caterpillar.

Here was another puzzling question; and, as Alice could not think of any good reason, and the Caterpillar seemed to be in a *very* unpleasant state of mind, she turned away.

'Come back!' the Caterpillar called after her. 'I've something important to say!'

This sounded promising, certainly. Alice turned and came back again.

'Keep your temper,' said the Caterpillar.

'Is that all?' said Alice, swallowing down her anger as well as she could.

'No,' said the Caterpillar.

Alice thought she might as well wait, as she had nothing else to do, and perhaps after all it might tell her something worth hearing. For some minutes it puffed away without speaking; but at last it unfolded its arms, took the hookah out of its mouth again, and said 'So you think you're changed, do you?'

»Keine Spur«, sagte die Raupe.

»Nun ja, vielleicht sind *Ihre* Empfindungen da etwas anders«, sagte Alice; »ich weiß nur, *mir* käme das sehr sonderbar vor.«

»Dir!«, erwiderte die Raupe verächtlich. »Wer bist denn *du*?«

Womit sie wieder zum Beginn der Unterhaltung zurückgekehrt waren. Alice ärgerte sich ein wenig, dass die Raupe so *überaus* kurz angebunden war, und sie richtete sich auf und sagte sehr würdevoll: »Ich finde, zuerst sollten Sie mir einmal sagen, wer *Sie* sind.«

»Warum?«, fragte die Raupe.

Das war wieder eine verwirrende Frage; und da Alice kein triftiger Grund einfiel und die Raupe *ziemlich* schlechter Laune zu sein schien, wandte sie sich zum Gehen.

»Komm zurück!«, rief ihr die Raupe nach. »Ich habe etwas Wichtiges zu sagen!«

Das klang in der Tat vielversprechend; Alice machte kehrt und kam zurück.

»Du musst dich beherrschen«, sagte die Raupe.

»Ist das alles?«, fragte Alice und schluckte ihren Ärger hinunter, so gut sie konnte.

»Nein«, sagte die Raupe.

Alice dachte, dass sie ebenso gut warten könnte, da sie ja sonst nichts zu tun hatte, und vielleicht würde ihr die Raupe doch noch etwas erzählen, das zu hören sich lohnte. Diese paffte minutenlang schweigend vor sich hin; aber schließlich tat sie die verschränkten Arme auseinander, nahm die Wasserpfeife aus dem Mund und sagte: »Du glaubst also, vertauscht worden zu sein?«

'I'm afraid I am, Sir,' said Alice. 'I ca'n't remember things as I used–and I don't keep the same size for ten minutes together!'

'Ca'n't remember *what* things?' said the Caterpillar.

'Well, I've tried to say *"How doth the little busy bee,"* but it all came different!' Alice replied in a very melancholy voice.

'Repeat *"You are old, Father William"* said the Caterpillar.

Alice folded her hands, and began:–

'You are old, Father William,' the young man said,
'And your hair has become very white;
And yet you incessantly stand on your head–
Do you think, at your age, it is right?'

'In my youth,' Father William replied to his son,
'I feared it might injure the brain;
But, now that I'm perfectly sure I have none,
Why, I do it again and again.'

'You are old,' said the youth, 'as I mentioned before,
And have grown most uncommonly fat;
Yet you turned a back-somersault in at the door–
Pray, what is the reason of that?'

'In my youth,' said the sage, as he shook his grey locks,
'I kept all my limbs very supple
By the use of this ointment–one shilling the box–
Allow me to sell you a couple?'

»Ich fürchte, das bin ich, mein Herr«, sagte Alice. »Ich erinnere mich an Sachen nicht mehr wie früher – und ich kann nicht mal für zehn Minuten dieselbe Größe behalten!«

»Erinnerst dich nicht mehr an *welche* Sachen?«, fragte die Raupe.

»Na ja, ich wollte *Bei einem Wirte, wundermild* aufsagen, aber es kam völlig anders heraus!«, erwiderte Alice ganz niedergeschlagen.

»Versuch es mit *Ihr seid alt, Vater Martin*«, sagte die Raupe.

Alice faltete die Hände und fing an:

»›Ihr seid alt, Vater Martin‹, so sprach Junker Tropf,
›Euer Haar ist schon lange ganz weiß;
Doch steht ihr so gerne noch auf dem Kopf.
Macht Euch denn das nicht zu heiß?‹

›Als ich jung war‹, der Vater zur Antwort gab,
›Da glaubt' ich, fürs Hirn sei's nicht gut;
Doch seit ich entdeckt, dass ich gar keines hab,
So tu ich's mit fröhlichem Mut.‹

›Ihr seid alt‹, sprach der Sohn, ›wie vorhin schon gesagt,
Und geworden ein gar dicker Mann;
Drum sprecht, wie ihr rücklings den Purzelbaum schlagt.
Potztausend! Wie fangt ihr's nur an?‹

›Als ich jung war‹, der Alte mit Kopfschütteln sagt',
›Da rieb ich die Glieder mir ein
Mit der Salbe hier, die sie geschmeidig macht.
Für zwei Groschen Courant ist sie dein.‹

'You are old,' said the youth, 'and your jaws are too weak
For anything tougher than suet;
Yet you finished the goose, with the bones and the beak–
Pray, how did you manage to do it?'

'In my youth,' said his father, 'I took to the law,
And argued each case with my wife;
And the muscular strength, which it gave to my jaw
Has lasted the rest of my life.'

'You are old,' said the youth, 'one would hardly suppose
That your eye was as steady as ever;
Yet you balanced an eel on the end of your nose–
What made you so awfully clever?'

'I have answered three questions, and that is enough,'
Said his father. 'Don't give yourself airs!
Do you think I can listen all day to such stuff?
Be of, or I'll kick you down-stairs!'

'That is not said right,' said the Caterpillar.

'Not *quite* right, I'm afraid,' said Alice, timidly: 'some of the words have got altered.'

'It is wrong from beginning to end,' said the Caterpillar, decidedly; and there was silence for some minutes.

The Caterpillar was the first to speak.

'What size do you want to be?' it asked.

'Oh, I'm not particular as to size,' Alice hastily replied; 'only one doesn't like changing so often, you know.'

›Ihr seid alt‹, sprach der Bub, ›und könnt nicht recht kau'n,
Und solltet euch nehmen in Acht;
Doch aßt ihr die Gans mit Schnabel und Klau'n;
Wie habt ihr das nur gemacht?‹

›Ich war früher Jurist und hab viel disputiert
Besonders mit meiner Frau;
Das hat so mir die Kinnbacken einexerziert,
Dass ich jetzt noch mit Leichtigkeit kau!‹

›Ihr seid alt‹, sagt der Sohn, ›und habt nicht viel Witz,
Und doch seid ihr so geschickt;
Balanciert einen Aal auf der Nasenspitz'!
Wie ist euch das nur geglückt?‹

›Drei Antworten hast du, und damit genug,
Nun lass mich kein Wort mehr hören;
Du Guckindieluft tust so überklug,
Ich werd dich Manieren lehren!‹«

»Das war nicht richtig aufgesagt«, bemerkte die Raupe.

»Nicht *ganz* richtig, fürchte ich«, sagte Alice zaghaft; »einige Wörter waren anders als sonst.«

»Es war falsch von Anfang bis Ende«, befand die Raupe entschieden, und einige Minuten lang herrschte Schweigen.

Die Raupe ergriff als Erste wieder das Wort.

»Welche Größe möchtest du denn haben?«, fragte sie.

»Oh, die genaue Größe ist mir gar nicht so wichtig«, erwiderte Alice eilig; »nur mag man sie ja nicht andauernd wechseln, wissen Sie.«

'I *don't* know,' said the Caterpillar.

Alice said nothing: she had never been so much contradicted in all her life before, and she felt that she was losing her temper.

'Are you content now?' said the Caterpillar.

'Well, I should like to be a *little* larger, Sir, if you wouldn't mind,' said Alice: 'three inches is such a wretched height to be.'

'It is a very good height indeed!' said the Caterpillar angrily, rearing itself upright as it spoke (it was exactly three inches high).

'But I'm not used to it!' pleaded poor Alice in a piteous tone. And she thought to herself 'I wish the creatures wouldn't be so easily offended!'

'You'll get used to it in time,' said the Caterpillar; and it put the hookah into its mouth, and began smoking again.

This time Alice waited patiently until it chose to speak again. In a minute or two the Caterpillar took the hookah out of its mouth, and yawned once or twice, and shook itself. Then it got down off the mushroom, and crawled away into the grass, merely remarking, as it went, 'One side will make you grow taller, and the other side will make you grow shorter.'

'One side of *what?* The other side of *what?*' thought Alice to herself.

'Of the mushroom,' said the Caterpillar, just as if she had asked it aloud; and in another moment it was out of sight.

Alice remained looking thoughtfully at the mushroom for a minute, trying to make out which were

»Ich weiß *gar* nichts«, sagte die Raupe.

Alice schwieg; noch nie in ihrem Leben war ihr so oft widersprochen worden, und sie merkte, wie sie allmählich die Beherrschung verlor.

»Bist du jetzt zufrieden?«, fragte die Raupe.

»Nun ja, ein *bisschen* größer wäre ich schon gern, mein Herr, wenn es Ihnen nichts ausmacht«, sagte Alice; »drei Zoll ist nämlich eine erbärmliche Größe.«

»Eigentlich ist es eine stattliche Größe!«, sagte die Raupe zornig und reckte sich dabei in die Höhe (sie maß genau drei Zoll).

»Aber ich bin nicht daran gewöhnt!«, wandte die arme Alice kläglich ein. Und sie dachte bei sich: »Wenn diese Wesen nur nicht immer so leicht beleidigt wären!«

»Du wirst dich mit der Zeit daran gewöhnen«, sagte die Raupe, steckte sich die Wasserpfeife in den Mund und fing wieder an zu rauchen.

Diesmal wartete Alice geduldig, bis es der Raupe wieder zu sprechen beliebte. Nach ein oder zwei Minuten nahm diese die Wasserpfeife aus dem Mund, gähnte ein- oder zweimal und schüttelte sich. Dann glitt sie vom Pilz herunter und kroch ins Gras davon, wobei sie ganz beiläufig bemerkte: »Die eine Seite macht dich größer, die andere Seite macht dich kleiner.«

»Die eine Seite *wovon*? Die andere Seite *wovon*?«, dachte Alice bei sich.

»Na, vom Pilz«, sagte die Raupe, gerade so, als hätte Alice laut danach gefragt; und im nächsten Augenblick war sie verschwunden.

Alice betrachtete noch ein Weilchen nachdenklich den Pilz, um herauszufinden, welche wohl seine beiden Seiten

the two sides of it; and, as it was perfectly round, she found this a very difficult question. However, at last she stretched her arms round it as far as they would go, and broke off a bit of the edge with each hand.

'And now which is which?' she said to herself, and nibbled a little of the right-hand bit to try the effect. The next moment she felt a violent blow underneath her chin: it had struck her foot!

She was a good deal frightened by this very sudden change, but she felt that there was no time to be lost, as she was shrinking rapidly: so she set to work at once to eat some of the other bit. Her chin was pressed so closely against her foot, that there was hardly room to open her mouth; but she did it at last, and managed to swallow a morsel of the left-hand bit.

* * * *

* * *

* * * *

'Come, my head's free at last!' said Alice in a tone of delight, which changed into alarm in another moment, when she found that her shoulders were nowhere to be found: all she could see, when she looked down, was an immense length of neck, which seemed to rise like a stalk out of a sea of green leaves that lay far below her.

'What *can* all that green stuff be?' said Alice. 'And where *have* my shoulders got to? And oh, my poor

waren; und da er vollkommen rund war, erschien ihr die Frage sehr schwierig. Schließlich jedoch streckte sie ihre Arme, so weit es ging, um ihn herum und brach mit jeder Hand ein Randstückchen ab.

»Und was ist nun was?«, fragte sie sich und knabberte ein wenig an dem Stück in ihrer rechten Hand, um die Wirkung zu testen. Im nächsten Augenblick spürte sie einen Schlag unters Kinn: Es war mit ihrem Fuß zusammengestoßen!

Sie war einigermaßen erschrocken über diese plötzliche Veränderung, hatte aber das Gefühl, dass sie keine Zeit verlieren durfte, da sie rasch immer noch weiterschrumpfte: Also machte sie sich sogleich daran, etwas von dem anderen Stück zu essen. Ihr Kinn wurde so dicht auf ihren Fuß gepresst, dass kaum noch Platz blieb, um den Mund zu öffnen; schließlich aber gelang es ihr doch, und sie schaffte es, einen Bissen von dem Stück in ihrer linken Hand hinunterzuschlucken.

*   *   *   *

*   *   *

*   *   *   *

»Na also! Mein Kopf ist endlich frei!«, rief Alice voller Entzücken, das jedoch im nächsten Augenblick in Entsetzen umschlug, da sie feststellte, dass ihre Schultern nirgends zu finden waren: Als sie hinunterschaute, sah sie nichts als einen ungeheuer langen Hals, der wie ein Stiel aus einem tief unter ihr liegenden grünen Blättermeer zu ragen schien.

»Was *mag* all das grüne Zeug bloß sein?«, sagte Alice. »Und wo *sind* nur meine Schultern geblieben? Und ach,

hands, how is it I ca'n't see you?' She was moving them about, as she spoke, but no result seemed to follow, except a little shaking among the distant green leaves.

As there seemed to be no chance of getting her hands up to her head, she tried to get her head down to *them*, and was delighted to find that her neck would bend about easily in any direction, like a serpent. She had just succeeded in curving it down into a graceful zigzag, and was going to dive in among the leaves, which she found to be nothing but the tops of the trees under which she had been wandering, when a sharp hiss made her draw back in a hurry: a large pigeon had flown into her face, and was beating her violently with its wings.

'Serpent!' screamed the Pigeon.

'I'm *not* a serpent!' said Alice indignantly. 'Let me alone!'

'Serpent, I say again!' repeated the Pigeon, but in a more subdued tone, and added, with a kind of sob, 'I've tried every way, but nothing seems to suit them!'

'I haven't the least idea what you're talking about,' said Alice.

'I've tried the roots of trees, and I've tried banks, and I've tried hedges,' the Pigeon went on, without attending to her; 'but those serpents! There's no pleasing them!'

Alice was more and more puzzled, but she thought there was no use in saying anything more till the Pigeon had finished.

meine armen Hände, wieso kann ich euch nicht mehr sehen?« Während sie sprach, bewegte sie sie umher, aber außer einem leichten Wackeln zwischen den fernen grünen Blättern schien dies nichts zu bewirken.

Da offenbar keine Möglichkeit bestand, ihre Hände an ihren Kopf zu heben, versuchte sie mit dem Kopf zu *ihnen* hinunterzukommen, und stellte erfreut fest, dass sich ihr Hals mit Leichtigkeit in alle Richtungen biegen ließ, wie eine Schlange. Sie hatte es gerade fertiggebracht, ihn mit einem anmutigen Zickzackschwung nach unten zu biegen, und war dabei, zwischen die Blätter zu tauchen – die, wie sie erkannte, nichts anderes waren als die Baumwipfel, unter denen sie kurz zuvor herumspaziert war –, als ein scharfes Zischen sie eilends zurückschrecken ließ: Eine große Taube war ihr ins Gesicht geflogen und schlug mit ihren Flügeln auf sie ein.

»Schlange!«, kreischte die Taube.

»Ich bin *keine* Schlange!«, entgegnete Alice empört. »Lass mich in Ruhe!«

»Schlange, sag ich!«, wiederholte die Taube, aber etwas weniger aufgebracht, und fügte mit einer Art Schluchzer hinzu: »Ich hab alles versucht, aber nichts scheint ihnen zu passen!«

»Ich habe nicht die leiseste Ahnung, wovon du redest«, sagte Alice.

»Ich hab's in Baumwurzeln versucht, ich hab's an Flussufern versucht, ich hab's in Hecken versucht«, fuhr die Taube fort, ohne auf sie zu achten; »aber diese Schlangen! Nichts ist ihnen recht!«

Alice verstand immer weniger, aber jedes weitere Wort von ihr schien ihr nutzlos zu sein, bevor die Taube ausgeredet hatte.

'As if it wasn't trouble enough hatching the eggs,' said the Pigeon; 'but I must be on the look-out for serpents, night and day! Why, I haven't had a wink of sleep these three weeks!'

'I'm very sorry you've been annoyed,' said Alice, who was beginning to see its meaning.

'And just as I'd taken the highest tree in the wood,' continued the Pigeon, raising its voice to a shriek, 'and just as I was thinking I should be free of them at last, they must needs come wriggling down from the sky! Ugh, Serpent!'

'But I'm *not* a serpent, I tell you!' said Alice. 'I'm a— I'm a—'

'Well! *What* are you?' said the Pigeon. 'I can see you're trying to invent something!'

'I–I'm a little girl,' said Alice, rather doubtfully, as she remembered the number of changes she had gone through, that day.

'A likely story indeed!' said the Pigeon, in a tone of the deepest contempt. 'I've seen a good many little girls in my time, but never *one* with such a neck as that! No, no! You're a serpent; and there's no use denying it. I suppose you'll be telling me next that you never tasted an egg!'

'I *have* tasted eggs, certainly,' said Alice, who was a very truthful child; 'but little girls eat eggs quite as much as serpents do, you know.'

'I don't believe it,' said the Pigeon; 'but if they do, why, then they're a kind of serpent: that's all I can say.'

»Als ob das Eierausbrüten nicht schon mühsam genug wäre«, sagte die Taube; »aber nein, ich muss auch noch vor Schlangen auf der Hut sein, Tag und Nacht! In den letzten drei Wochen hab ich kein Auge zugetan!«

»Es tut mir sehr leid, dass du Ärger gehabt hast«, sagte Alice, die zu verstehen begann, was sie meinte.

»Und jetzt, wo ich mir den höchsten Baum im ganzen Wald ausgesucht hab«, fuhr die Taube mit immer schriller werdender Stimme fort, »und gerade als ich glaubte, sie endlich los zu sein, da müssen sie sich auch noch vom Himmel herunterschlängeln! Pah! Schlange!«

»Aber ich sage dir doch, ich bin *keine* Schlange!«, rief Alice, »ich bin ein – ich bin ein ...«

»Na, *was* bist du?«, fragte die Taube. »Ich seh doch genau, dass du dir was auszudenken versuchst!«

»Ich – ich bin ein kleines Mädchen«, sagte Alice etwas unsicher, da sie an die vielen Veränderungen dachte, die sie im Lauf dieses Tages schon durchgemacht hatte.

»Eine tolle Geschichte, wirklich!«, sagte die Taube im Tonfall tiefster Verachtung. »Ich hab in meinem Leben schon ziemlich viele kleine Mädchen gesehen, aber noch kein *einziges* mit solch einem Hals! Nein, nein! Du bist eine Schlange, und es hat keinen Zweck, das abzustreiten. Vermutlich wirst du als Nächstes behaupten, dass du noch nie ein Ei probiert hast.«

»Natürlich *habe* ich schon Eier probiert«, sagte Alice, die ein sehr wahrheitsliebendes Kind war; »aber kleine Mädchen essen genauso oft Eier wie Schlangen, weißt du.«

»Das glaub ich nicht«, sagte die Taube; »aber wenn sie das tun, tja, dann sind sie eben auch eine Art von Schlangen, und damit Schluss.«

This was such a new idea to Alice, that she was quite silent for a minute or two, which gave the Pigeon the opportunity of adding 'You're looking for eggs, I know *that* well enough; and what does it matter to me whether you're a little girl or a serpent?'

'It matters a good deal to *me*,' said Alice hastily; 'but I'm not looking for eggs, as it happens; and, if I was, I shouldn't want *yours*: I don't like them raw.'

'Well, be off, then!' said the Pigeon in a sulky tone, as it settled down again into its nest. Alice crouched down among the trees as well as she could, for her neck kept getting entangled among the branches, and every now and then she had to stop and untwist it. After a while she remembered that she still held the pieces of mushroom in her hands, and she set to work very carefully, nibbling first at one and then at the other, and growing sometimes taller, and sometimes shorter, until she had succeeded in bringing herself down to her usual height.

It was so long since she had been anything near the right size, that it felt quite strange at first; but she got used to it in a few minutes, and began talking to herself, as usual, 'Come, there's half my plan done now! How puzzling all these changes are! I'm never sure what I'm going to be, from one minute to another! However, I've got back to my right size: the next thing is, to get into that beautiful garden—how *is* that to be done, I wonder?' As she said this, she came suddenly upon an open place, with a little house in it about four feet high. 'Whoever lives there,' thought Alice, 'it'll never do to come upon

Dieser Gedanke war Alice so neu, dass sie ein paar Minuten schwieg, was der Taube die Gelegenheit bot hinzuzufügen: »Du suchst nach Eiern, *das* weiß ich genau; und was kümmert es mich, ob du ein kleines Mädchen bist oder eine Schlange?«

»*Mich* kümmert das aber sehr viel«, sagte Alice schnell; »nur suche ich zufällig gar keine Eier, und selbst wenn, würde ich *deine* nicht wollen; ich mag keine rohen Eier.«

»Na, dann mach, dass du wegkommst!«, sagte die Taube verdrossen und ließ sich wieder in ihrem Nest nieder. Alice duckte sich unter die Bäume, so gut sie konnte, denn ihr Hals verhedderte sich andauernd in den Zweigen, und dann musste sie anhalten und ihn losmachen. Nach einer Weile fiel ihr wieder ein, dass sie noch immer die Pilzstückchen in den Händen hielt, und sie machte sich sehr vorsichtig daran, zuerst von dem einen und dann von dem anderen etwas abzuknabbern, wodurch sie mal größer und mal kleiner wurde, bis sie sich schließlich erfolgreich wieder auf ihre normale Größe gebracht hatte.

Es war so lange her, seit sie auch nur annähernd die richtige Größe gehabt hatte, dass diese sich zunächst ganz fremd anfühlte; aber nach einigen Minuten gewöhnte sie sich daran und begann, wie üblich, mit sich selbst zu reden: »Na also, die Hälfte des Plans wäre damit erledigt! Diese ganzen Veränderungen sind so verwirrend! Ich weiß ja nie, was ich im nächsten Moment sein werde! Jedenfalls habe ich jetzt wieder meine richtige Größe: Das Nächste ist, in den schönen Garten zu kommen – wie stelle ich *das* bloß an, frage ich mich?« Während sie so sprach, kam sie plötzlich zu einer Lichtung, auf der ein etwa vier Fuß hohes Häuschen stand. »Wer immer da auch wohnt, mit

them *this* size: why, I should frighten them out of their wits!' So she began nibbling at the right-hand bit again, and did not venture to go near the house till she had brought herself down to nine inches high.

dieser Größe kann ich mich dort nicht blicken lassen: Ich würde sie ja zu Tode erschrecken!« Also knabberte sie wieder an dem Stückchen in der rechten Hand und wagte sich erst an das Haus heran, nachdem sie auf neun Zoll geschrumpft war.

CHAPTER VI

Pig and Pepper

For a minute or two she stood looking at the house, and wondering what to do next, when suddenly a footman in livery came running out of the wood–(she considered him to be a footman because he was in livery: otherwise, judging by his face only, she would have called him a fish)–and rapped loudly at the door with his knuckles. It was opened by another footman in livery, with a round face, and large eyes like a frog; and both footmen, Alice noticed, had powdered hair that curled all over their heads. She felt very curious to know what it was all about, and crept a little way out of the wood to listen.

The Fish-Footman began by producing from under his arm a great letter, nearly as large as himself, and this he handed over to the other, saying, in a solemn tone, 'For the Duchess. An invitation from the Queen to play croquet.' The Frog-Footman repeated, in the same solemn tone, only changing the order of the words a little, 'From the Queen. An invitation for the Duchess to play croquet.'

Then they both bowed low, and their curls got entangled together.

Alice laughed so much at this, that she had to run back into the wood for fear of their hearing her; and, when she next peeped out, the Fish-Footman

Sechstes Kapitel

Schweinchen und Pfeffer

Eine Weile betrachtete sie das Haus und fragte sich, was sie nun tun sollte, als plötzlich aus dem Wald ein Lakai in Livree gerannt kam – (sie hielt ihn nur deshalb für einen Lakaien, weil er in Livree war; sonst hätte sie ihn, allein nach seinem Gesicht zu urteilen, für einen Fisch gehalten) – und mit den Fingerknöcheln laut an die Tür klopfte. Diese wurde von einem anderen Lakaien in Livree geöffnet, der ein rundes Gesicht und große Augen wie ein Frosch hatte; und beide Lakaien trugen, wie Alice nun bemerkte, gepuderte Lockenperücken auf dem Kopf. Sie war sehr neugierig, was das alles zu bedeuten hatte, und schlich sich ein Stückchen aus dem Wald heraus, um zu lauschen.

Der Fisch-Lakai zog sogleich einen gewaltigen Brief, beinah so groß wie er selbst, unter seinem Arm hervor und überreichte ihn dem anderen mit den feierlich gesprochenen Worten: »Für die Herzogin. Eine Einladung von der Königin zur Croquetpartie.« Der Frosch-Lakai wiederholte im selben feierlichen Ton, wobei er nur die Reihenfolge der Wörter leicht veränderte: »Von der Königin. Eine Einladung für die Herzogin zur Croquetpartie.«

Dann verbeugten sich beide tief, wobei sich ihre Locken ineinander verhedderten.

Alice lachte darüber so sehr, dass sie in den Wald zurückrennen musste, um nicht von ihnen ertappt zu werden; und als sie wieder herausguckte, war der Fisch-

was gone, and the other was sitting on the ground near the door, staring stupidly up into the sky.

Alice went timidly up to the door, and knocked.

'There's no sort of use in knocking,' said the Footman, 'and that for two reasons. First, because I'm on the same side of the door as you are: secondly, because they're making such a noise inside, no one could possibly hear you.' And certainly there *was* a most extraordinary noise going on within–a constant howling and sneezing, and every now and then a great crash, as if a dish or kettle had been broken to pieces.

'Please, then,' said Alice, 'how am I to get in?'

'There might be some sense in your knocking,' the Footman went on, without attending to her, 'if we had the door between us. For instance, if you were *inside*, you might knock, and I could let you out, you know.' He was looking up into the sky all the time he was speaking, and this Alice thought decidedly uncivil. 'But perhaps he ca'n't help it,' she said to herself; 'his eyes are so *very* nearly at the top of his head. But at any rate he might answer questions.–How am I to get in?' she repeated, aloud.

'I shall sit here,' the Footman remarked, 'till tomorrow——'

At this moment the door of the house opened, and a large plate came skimming out, straight at the Footman's head: it just grazed his nose, and broke to pieces against one of the trees behind him.

'——or next day, maybe,' the Footman continued in the same tone, exactly as if nothing had happened.

Lakai fort, und der andere saß neben der Tür auf dem Boden und glotzte dumm in den Himmel hinauf.

Zaghaft ging Alice auf die Tür zu und klopfte an.

»Es ist völlig zwecklos zu klopfen«, sagte der Lakai, »und zwar aus zwei Gründen. Erstens, weil ich auf derselben Seite der Tür bin wie du; zweitens, weil sie da drin einen solchen Lärm machen, dass dich unmöglich jemand hören kann.« Und tatsächlich *war* im Innern ein höchst sonderbarer Lärm zu hören – ein fortwährendes Heulen und Niesen, und ab und zu krachte es laut, als sei eine Schüssel oder ein Topf zu Bruch gegangen.

»Bitte«, sagte Alice, »wie soll ich denn da hineinkommen?«

»Einen gewissen Sinn könnte dein Klopfen vielleicht haben«, fuhr der Lakai fort, ohne auf sie zu achten, »wenn wir die Tür zwischen uns hätten. Zum Beispiel, wenn du *drin* wärst, könntest du klopfen, und ich könnte dich herauslassen, nicht wahr?« Während er sprach, starrte er dauernd in den Himmel hinauf, was Alice ausgesprochen unhöflich fand. »Aber vielleicht kann er ja nichts dafür«, sagte sie sich; »seine Augen sitzen *ziemlich* hoch oben auf seinem Kopf. Er könnte aber immerhin meine Frage beantworten. – Wie soll ich denn hineinkommen?«, wiederholte sie laut.

»Ich bleibe hier sitzen«, sagte der Lakai, »bis morgen …«

In diesem Augenblick ging die Haustür auf, und ein großer Teller kam herausgeflogen, geradewegs auf den Kopf des Lakaien zu, streifte nur leicht dessen Nase und zerschellte an einem der Bäume hinter ihm.

»… oder vielleicht bis übermorgen«, fuhr der Lakai im selben Tonfall fort, als sei gar nichts geschehen.

'How am I to get in?' asked Alice again, in a louder tone.

'*Are* you to get in at all?' said the Footman. 'That's the first question, you know.'

It was, no doubt: only Alice did not like to be told so. 'It's really dreadful,' she muttered to herself, 'the way all the creatures argue. It's enough to drive one crazy!'

The Footman seemed to think this a good opportunity for repeating his remark, with variations. 'I shall sit here,' he said, 'on and off, for days and days.'

'But what am *I* to do?' said Alice.

'Anything you like,' said the Footman, and began whistling.

'Oh, there's no use in talking to him,' said Alice desperately: 'he's perfectly idiotic!' And she opened the door and went in.

The door led right into a large kitchen, which was full of smoke from one end to the other: the Duchess was sitting on a three-legged stool in the middle, nursing a baby: the cook was leaning over the fire, stirring a large cauldron which seemed to be full of soup.

'There's certainly too much pepper in that soup!' Alice said to herself, as well as she could for sneezing.

There was certainly too much of it in the *air*. Even the Duchess sneezed occasionally; and as for the baby, it was sneezing and howling alternately without a moment's pause. The only two creatures in

»Wie soll ich denn hineinkommen?«, fragte Alice abermals, noch lauter als zuvor.

»*Sollst* du überhaupt hineinkommen?«, entgegnete der Lakai. »Das ist doch wohl zunächst einmal die Frage.«

Das war zweifellos richtig; nur mochte Alice das nicht hören. »Es ist wirklich schrecklich«, murmelte sie vor sich hin, »wie diese Wesen einem ständig widersprechen. Man könnte verrückt werden!«

Der Lakai schien dies für eine gute Gelegenheit zu halten, seine Bemerkung, etwas abgewandelt, zu wiederholen. »Ich bleibe hier sitzen«, sagte er, »ab und an, tagelang.«

»Aber was soll *ich* denn tun?«, fragte Alice.

»Was immer du willst«, sagte der Lakai und begann vor sich hin zu pfeifen.

»Ach, es hat keinen Zweck, mit ihm zu reden«, sagte Alice verzweifelt, »der ist ja völlig vertrottelt!« Und sie öffnete die Tür und ging hinein.

Die Tür führte geradewegs in eine große Küche, die von einem Ende bis zum andern voller Rauch war; in der Mitte saß auf einem dreibeinigen Schemel die Herzogin und hielt ein Baby im Arm; die Köchin stand über den Herd gebeugt und rührte in einem großen Kessel, der anscheinend randvoll mit Suppe war.

»In dieser Suppe ist bestimmt zu viel Pfeffer!«, sagte Alice zu sich, soweit sie das vor lauter Niesen überhaupt konnte.

Jedenfalls war zu viel davon in der *Luft*. Selbst die Herzogin musste hin und wieder niesen; das Baby dagegen nieste und heulte abwechselnd ohne Unterbrechung. Die einzigen Wesen in der Küche, die *nicht* niesten, waren die

the kitchen, that did *not* sneeze, were the cook, and a large cat, which was lying on the hearth and grinning from ear to ear.

'Please would you tell me,' said Alice, a little timidly, for she was not quite sure whether it was good manners for her to speak first, 'why your cat grins like that?'

'It's a Cheshire-Cat,' said the Duchess, 'and that's why. Pig!'

She said the last word with such sudden violence that Alice quite jumped; but she saw in another moment that it was addressed to the baby, and not to her, so she took courage, and went on again:–

'I didn't know that Cheshire-Cats always grinned; in fact, I didn't know that cats *could* grin.'

'They all can,' said the Duchess; 'and most of 'em do.'

'I don't know of any that do,' Alice said very politely, feeling quite pleased to have got into a conversation.

'You don't know much,' said the Duchess; 'and that's a fact.'

Alice did not at all like the tone of this remark, and thought it would be as well to introduce some other subject of conversation. While she was trying to fix on one, the cook took the cauldron of soup off the fire, and at once set to work throwing everything within her reach at the Duchess and the baby–the fire-irons came first; then followed a shower of saucepans, plates, and dishes. The

Köchin und eine große Katze, die vor dem Herd lag und vom einen Ohr zum anderen grinste.

»Würden Sie mir bitte sagen«, fragte Alice etwas schüchtern, denn sie wusste nicht recht, ob es sich schickte, als Erste zu sprechen, »warum Ihre Katze so grinst?«

»Es ist eine Cheshire-Katze«, sagte die Herzogin, »darum! Ferkel!«

Das letzte Wort stieß sie so plötzlich und heftig hervor, dass Alice richtig zusammenfuhr; aber im nächsten Augenblick wurde ihr klar, dass es dem Baby gegolten hatte und nicht ihr, also fasste sie Mut und redete weiter:

»Ich wusste nicht, dass Cheshire-Katzen immerzu grinsen; eigentlich wusste ich nicht einmal, dass Katzen überhaupt grinsen *können*.«

»Das können sie alle«, sagte die Herzogin, »und die meisten tun es auch.«

»Ich kenne keine, die es tut«, sagte Alice sehr höflich, da sie ganz froh war, in ein Gespräch verwickelt worden zu sein.

»Du weißt eben nicht viel«, sagte die Herzogin, »und das ist eine Tatsache.«

Der Ton dieser Bemerkung behagte Alice ganz und gar nicht, und sie dachte sich, sie könnte ebenso gut ein anderes Gesprächsthema anschneiden. Während sie noch versuchte, sich für eines zu entscheiden, nahm die Köchin den Suppenkessel vom Herd und machte sich sogleich daran, alles, was ihr in die Finger kam, nach der Herzogin und dem Kind zu werfen – zuerst kam das Schüreisen geflogen; dann folgte ein Hagel von Pfannen, Tellern und

Duchess took no notice of them even when they hit her; and the baby was howling so much already, that it was quite impossible to say whether the blows hurt it or not.

'Oh, *please* mind what you're doing!' cried Alice, jumping up and down in an agony of terror. 'Oh, there goes his *precious* nose!', as an unusually large saucepan flew close by it, and very nearly carried it off.

'If everybody minded their own business,' the Duchess said, in a hoarse growl, 'the world would go round a deal faster than it does.'

'Which would *not* be an advantage,' said Alice, who felt very glad to get an opportunity of showing off a little of her knowledge. 'Just think what work it would make with the day and night! You see the earth takes twenty-four hours to turn round on its axis—'

'Talking of axes,' said the Duchess, 'chop off her head!'

Alice glanced rather anxiously at the cook, to see if she meant to take the hint; but the cook was busily stirring the soup, and seemed not to be listening, so she went on again: 'Twenty-four hours, I *think*; or is it twelve? I—'

'Oh, don't bother *me!*' said the Duchess. 'I never could abide figures!' And with that she began nursing her child again, singing a sort of lullaby to it as she did so, and giving it a violent shake at the end of every line:–

Schüsseln. Die Herzogin nahm davon keinerlei Notiz, selbst wenn sie getroffen wurde; und das Kind heulte ohnehin schon so laut, dass sich unmöglich sagen ließ, ob ihm die Treffer wehtaten oder nicht.

»Oh, *bitte* passen Sie doch auf, was Sie tun!«, rief Alice, die vor Angst und Entsetzen auf und ab sprang. »Oh, das war's mit seiner *niedlichen* Nase!«, als eine ungewöhnlich große Pfanne dicht daran vorbeiflog und sie beinahe abgerissen hätte.

»Wenn jeder sich um seinen eigenen Kram kümmern würde«, brummte die Herzogin mit heiserer Stimme, »dann würde die Welt sich bedeutend schneller drehen als jetzt.«

»Was durchaus *kein* Vorteil wäre«, sagte Alice, die sich sehr über die Gelegenheit freute, ein wenig von ihrem Wissen kundzutun. »Stellen Sie sich nur vor, was dann aus Tag und Nacht würde! Denn wissen Sie, die Erde braucht vierundzwanzig Stunden, um sich um ihre Achs…«

»Apropos Axt«, fiel ihr die Herzogin ins Wort. »Hack ihr den Kopf ab!«

Ziemlich verängstigt warf Alice einen Blick auf die Köchin, um zu sehen, ob diese den Wink verstanden hatte; aber die Köchin rührte eifrig in der Suppe und schien nicht zuzuhören, sodass sie fortfuhr: »Vierundzwanzig Stunden, *glaube* ich; oder sind es zwölf? Ich …«

»Ach, lass *mich* damit in Ruhe«, sagte die Herzogin, »Zahlen hab ich noch nie leiden können!« Und dabei begann sie erneut, ihr Kind zu schaukeln, und dazu sang sie eine Art Wiegenlied und versetzte dem Baby am Ende eines jeden Verses einen kräftigen Schubs:

'Speak roughly to your little boy,
And beat him when he sneezes:
He only does it to annoy,
Because he knows it teases.'

Chorus

(in which the cook and the baby joined):–
'Wow! wow! wow!'

While the Duchess sang the second verse of the song, she kept tossing the baby violently up and down, and the poor little thing howled so, that Alice could hardly hear the words:–

'I speak severely to my boy,
I beat him when he sneezes;
For he can thoroughly enjoy
The pepper when he pleases!'

Chorus
'Wow! wow! wow!'

'Here! You may nurse it a bit, if you like!' the Duchess said to Alice, flinging the baby at her as she spoke. 'I must go and get ready to play croquet with the Queen,' and she hurried out of the room. The cook threw a frying-pan after her as she went, but it just missed her.

Alice caught the baby with some difficulty, as it was a queer-shaped little creature, and held out its

»Schilt deinen kleinen Jungen aus,
Und schlag ihn, wenn er niest;
Er treibt es gar zu bunt und kraus,
Nur weil es uns verdrießt.«

Refrain

(in den die Köchin und das Baby einfielen):
»Wau! Wau! Wau!«

Während die Herzogin die zweite Strophe des Liedes sang, schüttelte sie das Baby weiter heftig hin und her, und das arme kleine Ding schrie so laut, dass Alice kaum die Worte verstehen konnte:

»Ich schelte meinen kleinen Wicht,
Und schlag ihn, wenn er niest;
Ich weiß, wie gern er Pfeffer riecht,
Wenn's ihm gefällig ist.«

Refrain
»Wau! Wau! Wau!«

»Hier! Du kannst ihn ein bisschen halten, wenn du willst!«, sagte die Herzogin zu Alice und warf ihr dabei das Baby zu. »Ich muss gehen und mich für die Croquetpartie mit der Königin zurechtmachen«, und schon eilte sie aus der Küche. Die Köchin schleuderte ihr noch eine Bratpfanne hinterher, doch sie verfehlte sie knapp.

Alice fing das Baby nur mit Mühe und Not auf, da es ein unförmiges kleines Wesen war, das seine Arme und

arms and legs in all directions, 'just like a star-fish,' thought Alice. The poor little thing was snorting like a steam-engine when she caught it, and kept doubling itself up and straightening itself out again, so that altogether, for the first minute or two, it was as much as she could do to hold it.

As soon as she had made out the proper way of nursing it (which was to twist it up into a sort of knot, and then keep tight hold of its right ear and left foot, so as to prevent its undoing itself), she carried it out into the open air. 'If I don't take this child away with me,' thought Alice, 'they're sure to kill it in a day or two. Wouldn't it be murder to leave it behind?' She said the last words out loud, and the little thing grunted in reply (it had left off sneezing by this time). 'Don't grunt,' said Alice; 'that's not at all a proper way of expressing yourself.'

The baby grunted again, and Alice looked very anxiously into its face to see what was the matter with it. There could be no doubt that it had a *very* turn-up nose, much more like a snout than a real nose: also its eyes were getting extremely small for a baby: altogether Alice did not like the look of the thing at all. 'But perhaps it was only sobbing,' she thought, and looked into its eyes again, to see if there were any tears.

No, there were no tears. 'If you're going to turn into a pig, my dear,' said Alice, seriously, 'I'll have nothing more to do with you. Mind now!' The poor little thing sobbed again (or grunted, it was impos-

Beine in alle Richtungen streckte, »genau wie ein Seestern«, dachte Alice. Das arme kleine Ding schnarchte wie eine Lokomotive, als sie es auffing, und zappelte und wand sich derart, dass sie es in den ersten paar Minuten gerade so eben halten konnte.

Sobald sie aber entdeckt hatte, wie man es richtig hielt (man musste es zu einer Art Knoten drehen und es dann fest an seinem rechten Ohr und seinem linken Fuß fassen, damit es sich nicht wieder aufwickeln konnte), brachte sie es ins Freie. »Wenn ich dieses Kind nicht mitnehme«, dachte Alice, »haben sie es bestimmt in wenigen Tagen umgebracht; wäre es nicht geradezu Mord, es zurückzulassen?« Sie sprach die letzten Worte laut, und das kleine Ding grunzte zur Antwort (mittlerweile hatte es aufgehört zu niesen). »Nicht grunzen«, sagte Alice; »das ist keine anständige Art, sich auszudrücken.«

Das Baby grunzte wieder, und Alice sah ihm sehr besorgt ins Gesicht, um herauszufinden, was mit ihm los war. Kein Zweifel: Es hatte eine *deutlich* nach oben gerichtete Nase, im Grunde eher eine Schnauze als eine richtige Nase; auch waren seine Augen für ein Baby ungemein klein geraten; insgesamt gefiel Alice sein Aussehen ganz und gar nicht. »Aber vielleicht hat es nur geschluchzt«, dachte sie und blickte ihm wieder in die Augen, um zu sehen, ob Tränen darin standen.

Nein, es waren keine Tränen da. »Wenn du ein Schweinchen werden willst, mein Liebes«, sagte Alice ernst, »dann habe ich mit dir nichts mehr zu schaffen. Vergiss das nicht!« Das arme kleine Ding schluchzte erneut (oder grunzte, man

sible to say which), and they went on for some while in silence.

Alice was just beginning to think to herself, 'Now, what am I to do with this creature, when I get it home?' when it grunted again, so violently, that she looked down into its face in some alarm. This time there could be *no* mistake about it: it was neither more nor less than a pig, and she felt that it would be quite absurd for her to carry it any further.

So she set the little creature down, and felt quite relieved to see it trot away quietly into the wood. 'If it had grown up,' she said to herself, 'it would have made a dreadfully ugly child: but it makes rather a handsome pig, I think.' And she began thinking over other children she knew, who might do very well as pigs, and was just saying to herself 'if one only knew the right way to change them—' when she was a little startled by seeing the Cheshire-Cat sitting on a bough of a tree a few yards off.

The Cat only grinned when it saw Alice. It looked good-natured, she thought: still it had *very* long claws and a great many teeth, so she felt that it ought to be treated with respect.

'Cheshire-Puss,' she began, rather timidly, as she did not at all know whether it would like the name: however, it only grinned a little wider. 'Come, it's pleased so far,' thought Alice, and she went on. 'Would you tell me, please, which way I ought to go from here?'

'That depends a good deal on where you want to get to,' said the Cat.

konnte das unmöglich unterscheiden), und sie gingen eine Weile schweigend weiter.

Alice begann sich gerade zu überlegen: »Was soll ich denn nur mit diesem Wesen anfangen, wenn ich nach Hause komme?«, da grunzte es wieder, und zwar so laut, dass Alice ihm erschrocken ins Gesicht sah. Diesmal konnte es *kein* Irrtum mehr sein: Es war nicht mehr und nicht weniger als ein Ferkel, und es schien ihr vollkommen lächerlich, dass sie es weiter herumtrug.

Also setzte sie das kleine Geschöpf auf den Boden und war ganz erleichtert, es ruhig in den Wald davontraben zu sehen. »Wenn es herangewachsen wäre, hätte es ein furchtbar hässliches Kind abgegeben; aber ich glaube, als Schweinchen macht es sich recht nett.« Dann führte sie sich in Gedanken andere Kinder vor Augen, die sie kannte und die sich als Schweinchen sehr gut machen würden, und sie sagte sich gerade: »Wenn man nur das richtige Mittel wüsste, um sie zu verwandeln …«, da zuckte sie ein wenig zusammen, als sie die Cheshire-Katze einige Meter vor sich auf einem Ast sitzen sah.

Die Katze grinste nur, als sie Alice bemerkte. Sie sah gutmütig aus, fand Alice; dennoch hatte sie *sehr* lange Krallen und eine Menge Zähne, weshalb Alice es für angebracht hielt, sie mit Respekt zu behandeln.

»Cheshire-Mieze«, begann sie etwas zaghaft, da sie nicht wusste, ob der Katze diese Anrede gefallen würde; doch die grinste nur noch ein wenig breiter. »Na, sie scheint erfreut zu sein«, dachte Alice und fuhr fort: »Würdest du mir bitte sagen, welchen Weg ich von hier aus nehmen soll?«

»Das hängt ganz davon ab, wohin du möchtest«, erwiderte die Katze.

'I don't much care where—' said Alice.

'Then it doesn't matter which way you go,' said the Cat.

'—so long as I get *somewhere*,' Alice added as an explanation.

'Oh, you're sure to do that,' said the Cat, 'if you only walk long enough.'

Alice felt that this could not be denied, so she tried another question. 'What sort of people live about here?'

'In *that* direction,' the Cat said, waving its right paw round, 'lives a Hatter: and in *that* direction,' waving the other paw, 'lives a March Hare. Visit either you like: they're both mad.'

'But I don't want to go among mad people,' Alice remarked.

'Oh, you ca'n't help that,' said the Cat: 'we're all mad here. I'm mad. You're mad.'

'How do you know I'm mad?' said Alice.

'You must be,' said the Cat, 'or you wouldn't have come here.'

Alice didn't think that proved it at all: however, she went on: 'And how do you know that you're mad?'

'To begin with,' said the Cat, 'a dog's not mad. You grant that?'

'I suppose so,' said Alice.

'Well, then,' the Cat went on, 'you see a dog growls when it's angry, and wags its tail when it's

»Es ist mir eigentlich egal, wohin …«, sagte Alice.

»Dann kommt es auch nicht darauf an, welchen Weg du nimmst«, sagte die Katze.

»… solange ich nur *irgendwohin* komme«, fügte Alice als Erklärung hinzu.

»Oh, das wirst du ganz bestimmt«, sagte die Katze, »wenn du nur lange genug gehst.«

Alice sah ein, dass sich das nicht leugnen ließ, weshalb sie es mit einer anderen Frage versuchte. »Was für Leute wohnen denn hier in der Gegend?«

»In *dieser* Richtung«, sagte die Katze und schwenkte dabei ihre rechte Pfote, »wohnt ein Hutmacher; und in *dieser* Richtung«, mit der anderen Pfote deutend, »wohnt ein Märzhase. Besuche, wen du magst: Verrückt sind sie beide.«

»Aber ich mag nicht unter verrückte Leuten gehen«, bemerkte Alice.

»Oh, dagegen kann man nichts machen«, sagte die Katze; »wir sind hier alle verrückt. Ich bin verrückt. Du bist verrückt.«

»Woher weißt du denn, dass ich verrückt bin?«, fragte Alice.

»Du musst es sein«, sagte die Katze, »sonst wärst du nicht hierhergekommen.«

Alice hielt das durchaus nicht für einen Beweis, fragte jedoch weiter: »Und woher weißt du, dass du verrückt bist?«

»Zunächst einmal«, sagte die Katze, »sind Hunde nicht verrückt. Das gibst du doch zu?«

»Ich vermute es«, sagte Alice.

»Nun gut«, fuhr die Katze fort, »wie du weißt, knurren Hunde, wenn sie wütend sind, und wedeln mit dem

pleased. Now *I* growl when I'm pleased, and wag my tail when I'm angry. Therefore I'm mad.'

'*I* call it purring, not growling,' said Alice.

'Call it what you like,' said the Cat. 'Do you play croquet with the Queen to-day?'

'I should like it very much,' said Alice, 'but I haven't been invited yet.'

'You'll see me there,' said the Cat, and vanished.

Alice was not much surprised at this, she was getting so well used to queer things happening. While she was still looking at the place where it had been, it suddenly appeared again.

'By-the-bye, what became of the baby?' said the Cat. 'I'd nearly forgotten to ask.'

'It turned into a pig,' Alice answered very quietly, just as if the Cat had come back in a natural way.

'I thought it would,' said the Cat, and vanished again.

Alice waited a little, half expecting to see it again, but it did not appear, and after a minute or two she walked on in the direction in which the March Hare was said to live. 'I've seen hatters before,' she said to herself: 'the March Hare will be much the most interesting, and perhaps, as this is May, it wo'n't be raving mad–at least not so mad as it was in March.' As she said this, she looked up, and there was the Cat again, sitting on a branch of a tree. 'Did you say "pig", or "fig"?' said the Cat.

Schwanz, wenn sie sich freuen. *Ich* hingegen knurre, wenn ich mich freue, und wedle mit dem Schwanz, wenn ich mich ärgere. Daher bin ich verrückt.«

»*Ich* nenne es schnurren, nicht knurren«, sagte Alice.

»Nenn es, wie du willst«, sagte die Katze. »Spielst du heute mit der Königin Croquet?«

»Das würde ich sehr gerne tun«, sagte Alice, »aber ich bin noch nicht eingeladen worden.«

»Wir sehen uns dort«, sagte die Katze und verschwand.

Das überraschte Alice nicht sonderlich, war sie es doch allmählich gewöhnt, dass sonderbare Dinge geschahen. Während sie noch nach der Stelle hinsah, wo die Katze gesessen hatte, tauchte diese plötzlich wieder auf.

»Übrigens, was ist aus dem Baby geworden?«, fragte die Katze. »Ich hätte beinah vergessen, nach ihm zu fragen.«

»Es hat sich in ein Schweinchen verwandelt«, antwortete Alice seelenruhig, als sei die Katze auf ganz gewöhnliche Weise zurückgekommen.

»Das habe ich mir schon gedacht«, sagte die Katze und verschwand wieder.

Alice wartete noch ein wenig, da sie halb damit rechnete, dass sie noch einmal auftauchte; aber sie erschien nicht mehr, und so lief sie nach einem Weilchen in die Richtung weiter, in der der Märzhase wohnen sollte. »Hutmacher habe ich ja schon gesehen«, sagte sie zu sich, »der Märzhase wird viel interessanter sein, und da wir ja jetzt Mai haben, führt er sich vielleicht nicht ganz so verrückt auf – zumindest nicht mehr so verrückt wie im März.« Wie sie so sprach, blickte sie nach oben, und da saß wieder die Katze auf einem Ast. »Sagtest du Schweinchen oder Steinchen?«, fragte sie.

'I said "pig",' replied Alice; 'and I wish you wouldn't keep appearing and vanishing so suddenly: you make one quite giddy!'

'All right,' said the Cat; and this time it vanished quite slowly, beginning with the end of the tail, and ending with the grin, which remained some time after the rest of it had gone.

'Well! I've often seen a cat without a grin,' thought Alice; 'but a grin without a cat! It's the most curious thing I ever saw in all my life!'

She had not gone much farther before she came in sight of the house of the March Hare: she thought it must be the right house, because the chimneys were shaped like ears and the roof was thatched with fur. It was so large a house, that she did not like to go nearer till she had nibbled some more of the left-hand bit of mushroom, and raised herself to about two feet high: even then she walked up towards it rather timidly, saying to herself 'Suppose it should be raving mad after all! I almost wish I'd gone to see the Hatter instead!'

»Ich sagte Schweinchen«, antwortete Alice, »und ich wünschte, du würdest nicht immer so plötzlich auftauchen und verschwinden: Es wird einem ja ganz schwindlig davon!«

»Schon gut«, sagte die Katze, und diesmal verschwand sie ganz langsam, zuerst nur die Schwanzspitze und ganz am Ende das Grinsen, das noch einige Zeit zurückblieb, nachdem alles Übrige bereits verschwunden war.

»Na, eine Katze ohne Grinsen habe ich ja schon oft gesehen«, dachte Alice, »aber ein Grinsen ohne Katze! Das ist das Seltsamste, das mir je begegnet ist!«

Sie war noch nicht sehr weit gegangen, da fiel ihr Blick auch schon auf das Haus des Märzhasen; sie dachte, es müsse das richtige Haus sein, weil die Schornsteine wie Ohren aussahen und das Dach mit Fell gedeckt war. Es war ein so großes Haus, dass sie sich ihm nicht nähern wollte, ehe sie nicht ein wenig von dem Pilzstück in ihrer linken Hand abgeknabbert und sich auf eine Größe von etwa zwei Fuß gebracht hatte: Und selbst dann ging sie etwas zaghaft darauf zu und sagte sich: »Wenn er nun aber doch noch ganz rasend ist! Ich wünschte fast, ich hätte stattdessen den Hutmacher besucht!«

Chapter VII

A Mad Tea-Party

There was a table set out under a tree in front of the house, and the March Hare and the Hatter were having tea at it: a Dormouse was sitting between them, fast asleep, and the other two were using it as a cushion, resting their elbows on it, and talking over its head. 'Very uncomfortable for the Dormouse,' thought Alice; 'only as it's asleep, I suppose it doesn't mind.'

The table was a large one, but the three were all crowded together at one corner of it. 'No room! No room!' they cried out when they saw Alice coming. 'There's *plenty* of room!' said Alice indignantly, and she sat down in a large arm-chair at one end of the table.

'Have some wine,' the March Hare said in an encouraging tone.

Alice looked all round the table, but there was nothing on it but tea. 'I don't see any wine,' she remarked.

'There isn't any,' said the March Hare.

'Then it wasn't very civil of you to offer it,' said Alice angrily.

'It wasn't very civil of you to sit down without being invited,' said the March Hare.

'I didn't know it was *your* table,' said Alice: 'it's laid for a great many more than three.'

Siebtes Kapitel

Eine verrückte Teegesellschaft

Unter einem Baum vor dem Haus war ein Tisch gedeckt, und dort saßen der Märzhase und der Hutmacher und tranken Tee; zwischen ihnen hockte eine Schlafmaus und schlief tief und fest, während die beiden anderen sie als Kissen benutzten, indem sie ihre Ellbogen auf sie stützten und sich über ihren Kopf hinweg unterhielten. »Sehr unbequem für die Schlafmaus«, dachte Alice; »aber da sie ja schläft, macht es ihr vermutlich nichts aus.«

Der Tisch war groß, aber die drei saßen dicht zusammengedrängt an einer Ecke. »Kein Platz! Kein Platz!«, riefen sie, als sie Alice kommen sahen. »Es gibt doch Platz *in Hülle und Fülle*!«, sagte Alice empört und setzte sich in einen großen Sessel am einen Ende des Tisches.

»Trink einen Schluck Wein«, sagte der Märzhase in aufmunterndem Tonfall.

Alice sah sich auf dem Tisch um, doch außer Tee gab es dort nichts. »Ich sehe keinen Wein«, bemerkte sie.

»Es ist auch keiner da«, sagte der Märzhase.

»Dann war es nicht sehr höflich von dir, mir welchen anzubieten«, entgegnete Alice ärgerlich.

»Es war auch nicht sehr höflich von dir, dich ungebeten herzusetzen«, sagte der Märzhase.

»Ich wusste ja nicht, dass es *euer* Tisch ist«, sagte Alice, »er ist für viel mehr als drei gedeckt.«

'Your hair wants cutting,' said the Hatter. He had been looking at Alice for some time with great curiosity, and this was his first speech.

'You should learn not to make personal remarks,' Alice said with some severity: 'it's very rude.'

The Hatter opened his eyes very wide on hearing this; but all he *said* was 'Why is a raven like a writing-desk?'

'Come, we shall have some fun now!' thought Alice. 'I'm glad they've begun asking riddles–I believe I can guess that,' she added aloud.

'Do you mean that you think you can find out the answer to it?' said the March Hare.

'Exactly so,' said Alice.

'Then you should say what you mean,' the March Hare went on.

'I do,' Alice hastily replied; 'at least–at least I mean what I say–that's the same thing, you know.'

'Not the same thing a bit!' said the Hatter. 'Why, you might just as well say that "I see what I eat" is the same thing as "I eat what I see"!'

'You might just as well say,' added the March Hare, 'that "I like what I get" is the same thing as "I get what I like"!'

'You might just as well say,' added the Dormouse, which seemed to be talking in its sleep, 'that "I breathe when I sleep" is the same thing as "I sleep when I breathe"!'

»Dein Haar sollte geschnitten werden«, sagte der Hutmacher. Er hatte Alice eine Zeitlang überaus neugierig beäugt, und dies waren seine ersten Worte.

»Du solltest dir angewöhnen, keine persönlichen Bemerkungen zu machen«, sagte Alice mit einer gewissen Strenge, »das ist sehr unhöflich.«

Der Hutmacher riss die Augen weit auf, als er dies hörte; aber alles, was er *sagte*, war: »Was hat ein Rabe mit einem Schreibtisch gemein?«

»Hoppla, jetzt wird es lustig!«, dachte Alice. »Wie schön, dass sie mit Rätselraten anfangen – ich glaube, das kann ich erraten«, fügte sie laut hinzu.

»Du meinst, dass du die Lösung finden kannst?«, fragte der Märzhase.

»Genau das«, sagte Alice.

»Dann solltest du sagen, was du meinst«, fuhr der Märzhase fort.

»Tu ich ja«, erwiderte Alice hastig, »wenigstens – wenigstens meine ich, was ich sage – und das ist doch dasselbe, oder nicht?«

»Nicht im Geringsten!«, sagte der Hutmacher. »Du könntest ja genauso gut behaupten, dass ›ich sehe, was ich esse‹ dasselbe ist wie ›ich esse, was ich sehe‹!«

»Du könntest genauso gut behaupten«, fügte der Märzhase hinzu, »dass ›ich mag, was ich kriege‹ dasselbe ist wie ›ich kriege, was ich mag‹!«

»Du könntest genauso gut behaupten«, fiel die Schlafmaus ein, die im Schlaf zu sprechen schien, »dass ›ich atme, wenn ich schlafe‹ dasselbe ist wie ›ich schlafe, wenn ich atme‹!«

'It *is* the same thing with you,' said the Hatter, and here the conversation dropped, and the party sat silent for a minute, while Alice thought over all she could remember about ravens and writing-desks, which wasn't much.

The Hatter was the first to break the silence. 'What day of the month is it?' he said, turning to Alice: he had taken his watch out of his pocket, and was looking at it uneasily, shaking it every now and then, and holding it to his ear.

Alice considered a little, and then said 'The fourth.'

'Two days wrong!' sighed the Hatter. 'I told you butter wouldn't suit the works!' he added, looking angrily at the March Hare.

'It was the *best* butter,' the March Hare meekly replied.

'Yes, but some crumbs must have got in as well,' the Hatter grumbled: 'you shouldn't have put it in with the bread-knife.'

The March Hare took the watch and looked at it gloomily: then he dipped it into his cup of tea, and looked at it again: but he could think of nothing better to say than his first remark, 'It was the *best* butter, you know.'

Alice had been looking over his shoulder with some curiosity. 'What a funny watch!' she remarked. 'It tells the day of the month, and doesn't tell what o'clock it is!'

'Why should it?' muttered the Hatter. 'Does *your* watch tell you what year it is?'

»Bei dir *ist* es ja dasselbe«, sagte der Hutmacher; hier stockte die Unterhaltung, und die Gesellschaft saß eine Weile schweigend da, während Alice in Gedanken alles durchging, was sie über Raben und Schreibtische wusste, und das war nicht viel.

Der Hutmacher unterbrach als Erster das Schweigen. »Den wievielten haben wir heute?«, fragte er und wandte sich dabei an Alice; er hatte seine Uhr aus der Tasche gezogen und warf einen unruhigen Blick darauf, schüttelte sie mehrmals und hielt sie sich ans Ohr.

Alice überlegte ein wenig und sagte dann: »Den vierten.«

»Zwei Tage geht sie nach!«, seufzte der Hutmacher. »Ich sagte dir ja, dass Butter dem Uhrwerk nicht guttut«, setze er hinzu und sah den Märzhasen wütend an.

»Aber es war doch die *beste* Butter«, erwiderte der Märzhase kleinlaut.

»Ja, schon, aber es müssen eben auch ein paar Krümel mit hineingeraten sein«, murrte der Hutmacher; »du hättest sie nicht mit dem Brotmesser auftragen dürfen.«

Der Märzhase nahm die Uhr und betrachtete sie trübsinnig; dann tunkte er sie in seine Tasse Tee und betrachtete sie von Neuem, doch es fiel ihm nichts Besseres ein als seine erste Bemerkung: »Es war doch die *beste* Butter, weißt du.«

Alice hatte ihm neugierig über die Schulter gesehen. »Was für eine komische Uhr!«, sagte sie. »Sie zeigt den Tag an, aber nicht die Uhrzeit!«

»Warum sollte sie?«, brummte der Hutmacher; »zeigt *deine* Uhr etwa das Jahr an?«

'Of course not,' Alice replied very readily: 'but that's because it stays the same year for such a long time together.'

'Which is just the case with *mine*,' said the Hatter.

Alice felt dreadfully puzzled. The Hatter's remark seemed to her to have no sort of meaning in it, and yet it was certainly English. 'I don't quite understand you,' she said, as politely as she could.

'The Dormouse is asleep again,' said the Hatter, and he poured a little hot tea upon its nose.

The Dormouse shook its head impatiently, and said, without opening its eyes, 'Of course, of course: just what I was going to remark myself.'

'Have you guessed the riddle yet?' the Hatter said, turning to Alice again.

'No, I give it up,' Alice replied. 'What's the answer?'

'I haven't the slightest idea,' said the Hatter.

'Nor I,' said the March Hare.

Alice sighed wearily. 'I think you might do something better with the time,' she said, 'than wasting it in asking riddles that have no answers.'

'If you knew Time as well as I do,' said the Hatter, 'you wouldn't talk about wasting *it*. It's *him*.'

'I don't know what you mean,' said Alice.

'Of course you don't!' the Hatter said, tossing his head contemptuously. 'I dare say you never even spoke to Time!'

'Perhaps not,' Alice cautiously replied; 'but I know I have to beat time when I learn music.'

»Natürlich nicht«, entgegnete Alice prompt, »aber nur deshalb, weil es so lange dasselbe Jahr bleibt.«

»Genau so ist es auch bei *meiner*«, sagte der Hutmacher.

Darauf konnte sich Alice überhaupt keinen Reim machen. Die Erklärung des Hutmachers schien ihr keinerlei Sinn zu ergeben, und doch hatte er klar und deutlich gesprochen. »Ich verstehe dich nicht ganz«, sagte sie, so höflich sie konnte.

»Die Schlafmaus schläft schon wieder«, sagte der Hutmacher und goss ihr ein wenig heißen Tee auf die Nase.

Die Schlafmaus schüttelte unwillig den Kopf und sagte, ohne dabei die Augen zu öffnen: »Natürlich, natürlich: Genau das wollte ich auch gerade sagen.«

»Hast du das Rätsel schon gelöst?«, wandte sich der Hutmacher wieder an Alice.

»Nein, ich gebe es auf«, antwortete Alice. »Wie lautet die Lösung?«

»Ich hab nicht die leiseste Ahnung«, sagte der Hutmacher.

»Ich auch nicht«, sagte der Märzhase.

Alice seufzte müde. »Ich finde, ihr könntet die Zeit besser nutzen«, sagte sie, »als sie mit Rätseln zu verschwenden, die keine Lösung haben.«

»Wenn du über Zeit so gut Bescheid wüsstest wie ich«, sagte der Hutmacher, »würdest du nicht davon reden, dass *sie* verschwendet wird. Sie ist nämlich ein *Er*.«

»Ich weiß nicht, was du meinst«, sagte Alice.

»Natürlich nicht!«, sagte der Hutmacher und warf verächtlich den Kopf zurück. »Du hast ja bestimmt noch nicht mal mit ihm gesprochen!«

»Mag sein«, erwiderte Alice; »aber ich weiß, dass ich im Musikunterricht immer die Zählzeiten schlagen muss.«

'Ah! That accounts for it,' said the Hatter. 'He wo'n't stand beating. Now, if you only kept on good terms with him, he'd do almost anything you liked with the clock. For instance, suppose it were nine o'clock in the morning, just time to begin lessons: you'd only have to whisper a hint to Time, and round goes the clock in a twinkling! Half-past one, time for dinner!'

('I only wish it was,' the March Hare said to itself in a whisper.)

'That would be grand, certainly,' said Alice thoughtfully; 'but then—I shouldn't be hungry for it, you know.'

'Not at first, perhaps,' said the Hatter: 'but you could keep it to half-past one as long as you liked.'

'Is that the way *you* manage?' Alice asked.

The Hatter shook his head mournfully. 'Not I!' he replied. 'We quarreled last March—just before *he* went mad, you know—' (pointing with his teaspoon at the March Hare,) '—it was at the great concert given by the Queen of Hearts, and I had to sing

"Twinkle, twinkle, little bat!
How I wonder what you're at!"

You know the song, perhaps?'

'I've heard something like it,' said Alice.

'It goes on, you know,' the Hatter continued, 'in this way:—

»Ah! Das erklärt die Sache«, sagte der Hutmacher. »Schläge erträgt er nicht. Aber wenn du dich gut mit ihm stellst, macht er mit der Uhr fast alles, was du möchtest. Nimm zum Beispiel einmal an, es ist neun Uhr morgens, gleich beginnt der Unterricht: Du bräuchtest ihm nur einen leisen Hinweis zu geben, und im Nu ständen die Zeiger der Uhr auf halb zwei, Zeit zum Mittagessen!«

(»Ich wünschte bloß, es wär schon so weit!«, murmelte der Märzhase vor sich hin.)

»Das wäre sicher herrlich«, sagte Alice nachdenklich; »aber andererseits – ich hätte ja dann noch gar keinen Hunger, weißt du.«

»Zuerst vielleicht nicht«, antwortete der Hutmacher, »aber du könntest es doch halb zwei sein lassen, solange du wolltest.«

»So macht *ihr* es wohl hier?«, fragte Alice.

Der Hutmacher schüttelte traurig den Kopf. »Ich nicht!«, erwiderte er. »Wir haben uns vorigen März zerstritten – kurz bevor *der* da verrückt wurde, du weißt schon ...« (wobei er mit seinem Teelöffel auf den Märzhasen deutete) »... es war bei dem großen Konzert, das die Herzkönigin gab, und ich musste singen:

›O Papagei, o Papagei!
Wie grün sind deine Federn!‹

Vielleicht kennst du das Lied?«

»Ich habe so etwas Ähnliches schon gehört«, sagte Alice.

»Es geht noch weiter«, fuhr der Hutmacher fort, »und zwar so:

"Up above the world you fly
Like a tea-tray in the sky.
Twinkle, twinkle—"'

Here the Dormouse shook itself, and began singing in its sleep *'Twinkle, twinkle, twinkle, twinkle—'* and went on so long that they had to pinch it to make it stop.

'Well, I'd hardly finished the first verse,' said the Hatter, 'when the Queen bawled out "He's murdering the time! Off with his head!"'

'How dreadfully savage!' exclaimed Alice.

'And ever since that,' the Hatter went on in a mournful tone, 'he wo'n't do a thing I ask! It's always six o'clock now.'

A bright idea came into Alice's head. 'Is that the reason so many tea-things are put out here?' she asked.

'Yes, that's it,' said the Hatter with a sigh: 'it's always teatime, and we've no time to wash the things between whiles.'

'Then you keep moving round, I suppose?' said Alice.

'Exactly so,' said the Hatter: 'as the things get used up.'

'But what happens when you come to the beginning again?' Alice ventured to ask.

'Suppose we change the subject,' the March Hare interrupted, yawning. 'I'm getting tired of this. I vote the young lady tells us a story.'

'I'm afraid I don't know one,' said Alice, rather alarmed at the proposal.

›Du grünst nicht nur zur Friedenszeit,
Auch wenn es Töpf' und Teller schneit.
O Papagei, o Papagei ...‹«

Hier schüttelte sich die Schlafmaus und fing an, im Schlaf zu singen: »*O Papagei, o Mamagei, o Papagei, o Mamagei ...*«, und sang so lange weiter, dass die anderen sie kneifen mussten, damit sie endlich aufhörte.

»Nun, ich hatte kaum die erste Strophe fertig«, sagte der Hutmacher, »da brüllte die Königin los: ›Der schlägt ja nur die Zeit tot! Ab mit dem Kopf!‹«

»Das ist ja fürchterlich!«, schrie Alice auf.

»Und seitdem«, fuhr der Hutmacher in klagendem Tonfall fort, »hat er mir keine Bitte mehr erfüllt! Es ist jetzt immer sechs Uhr!«

Da hatte Alice einen Geistesblitz. »Ist das der Grund, warum hier so viele Teesachen herumstehen?«, fragte sie.

»So ist es«, sagte der Hutmacher mit einem Seufzer; »ständig ist Teestunde, und wir haben keine Zeit, zwischendurch die Tassen abzuspülen.«

»Dann rückt ihr wohl andauernd um den Tisch herum?«, fragte Alice.

»Genau«, sagte der Hutmacher, »sobald eine Tasse gebraucht ist.«

»Aber was geschieht, wenn ihr wieder zum Anfang zurückkommt?«, wagte Alice zu fragen.

»Lass uns das Thema wechseln«, mischte sich gähnend der Märzhase ein, »es langweilt mich allmählich. Ich bin dafür, dass die junge Dame uns eine Geschichte erzählt.«

»Ich weiß leider keine«, rief Alice, ziemlich erschrocken über diesen Vorschlag.

'Then the Dormouse shall!' they both cried. 'Wake up, Dormouse!' And they pinched it on both sides at once.

The Dormouse slowly opened its eyes. 'I wasn't asleep,' it said in a hoarse, feeble voice, 'I heard every word you fellows were saying.'

'Tell us a story!' said the March Hare.

'Yes, please do!' pleaded Alice.

'And be quick about it,' added the Hatter, 'or you'll be asleep again before it's done.'

'Once upon a time there were three little sisters,' the Dormouse began in a great hurry; 'and their names were Elsie, Lacie, and Tillie; and they lived at the bottom of a well—'

'What did they live on?' said Alice, who always took a great interest in questions of eating and drinking.

'They lived on treacle,' said the Dormouse, after thinking a minute or two.

'They couldn't have done that, you know,' Alice gently remarked. 'They'd have been ill.'

'So they were,' said the Dormouse; '*very* ill.'

Alice tried a little to fancy to herself what such an extraordinary way of living would be like, but it puzzled her too much: so she went on: 'But why did they live at the bottom of a well?'

'Take some more tea,' the March Hare said to Alice, very earnestly.

'I've had nothing yet,' Alice replied in an offended tone: 'so I ca'n't take more.'

»Dann eben die Schlafmaus!«, riefen die beiden. »Aufwachen, Schlafmaus!« Dabei kniffen sie sie gleichzeitig von beiden Seiten.

Die Schlafmaus schlug langsam die Augen auf. »Ich hab gar nicht geschlafen«, sagte sie mit heiserer, schwacher Stimme, »ich hab jedes Wort gehört, das ihr gesagt habt.«

»Erzähl uns eine Geschichte!«, sagte der Märzhase.

»Ach ja, bitte!«, bat Alice.

»Und beeil dich dabei«, fügte der Hutmacher hinzu, »sonst schläfst du wieder ein, bevor sie zu Ende ist.«

»Es waren einmal drei kleine Schwestern«, begann die Schlafmaus in großer Eile, »die hießen Elsie, Lacie und Tillie und lebten auf dem Grund eines Brunnens …«

»Wovon lebten sie?«, fragte Alice, die immer großes Interesse zeigte, wenn es um Essen und Trinken ging.

»Sie lebten von Sirup«, sagte die Schlafmaus, nachdem sie kurz nachgedacht hatte.

»Das konnten sie gar nicht«, wandte Alice sanft ein, »davon wären sie doch krank geworden.«

»Wurden sie ja auch«, sagte die Schlafmaus, »*sehr* krank sogar.«

Alice versuchte ein wenig, sich vorzustellen, wie eine so ungewöhnliche Lebensweise wohl aussehen mochte, doch das verwirrte sie zu sehr; also fragte sie weiter: »Aber warum lebten sie auf dem Grund eines Brunnens?«

»Trink ruhig noch mehr Tee«, sagte der Märzhase sehr ernsthaft zu Alice.

»Ich habe ja überhaupt noch keinen getrunken«, erwiderte Alice gekränkt, »also kann ich gar nicht noch mehr trinken.«

'You mean you ca'n't take *less*,' said the Hatter: 'it's very easy to take *more* than nothing.'

'Nobody asked *your* opinion,' said Alice.

'Who's making personal remarks now?' the Hatter asked triumphantly.

Alice did not quite know what to say to this: so she helped herself to some tea and bread-and-butter, and then turned to the Dormouse, and repeated her question. 'Why did they live at the bottom of a well?'

The Dormouse again took a minute or two to think about it, and then said 'It was a treacle-well.'

'There's no such thing!' Alice was beginning very angrily, but the Hatter and the March Hare went 'Sh! Sh!' and the Dormouse sulkily remarked 'If you ca'n't be civil, you'd better finish the story for yourself.'

'No, please go on!' Alice said very humbly. 'I wo'n't interrupt you again. I dare say there may be *one*.'

'One, indeed!' said the Dormouse indignantly. However, he consented to go on. 'And so these three little sisters–they were learning to draw, you know—'

'What did they draw?' said Alice, quite forgetting her promise.

'Treacle,' said the Dormouse, without considering at all, this time.

'I want a clean cup,' interrupted the Hatter: 'let's all move one place on.'

He moved on as he spoke, and the Dormouse followed him: the March Hare moved into the Dormouse's place, and Alice rather unwillingly took the

»Du meinst, du kannst nicht noch *weniger* trinken«, sagte der Hutmacher; »es ist sehr leicht, *mehr* als nichts zu trinken.«

»Um *deine* Meinung hat niemand gebeten«, sagte Alice.

»Wer macht denn jetzt persönliche Bemerkungen?«, fragte der Hutmacher triumphierend.

Alice wusste nicht recht, was sie darauf antworten sollte; sie nahm sich daher etwas Tee und ein Butterbrot, wandte sich dann an die Schlafmaus und wiederholte ihre Frage: »Warum lebten sie auf dem Grund eines Brunnens?«

Die Schlafmaus musste erst wieder ein Weilchen überlegen und sagte dann: »Es war ein Sirup-Brunnen.«

»So etwas gibt es doch gar nicht!«, entgegnete Alice, die allmählich sehr wütend wurde; aber der Hutmacher und der Märzhase machten: »Sch! Sch!«, und die Schlafmaus versetzte schmollend: »Wenn du nicht höflich sein kannst, erzählst du die Geschichte wohl besser selbst zu Ende.«

»Nein, bitte erzähl weiter!«, sagte Alice ganz kleinlaut. »Ich werde dich nicht mehr unterbrechen. *Einen* gibt es ja vielleicht doch.«

»Einen, was du nicht sagst!«, sagte die Schlafmaus entrüstet. Doch sie fand sich bereit fortzufahren. »Also die drei kleinen Schwestern – sie lernten malen, müsst ihr wissen ...«

»Was mahlten sie denn?«, fragte Alice, die ihr Versprechen schon wieder vergessen hatte.

»Sirup«, sagte die Schlafmaus, diesmal ohne auch nur einen Augenblick zu überlegen.

»Ich möchte eine saubere Tasse«, unterbrach sie der Hutmacher, »lasst uns alle einen Platz weiterrücken.«

Dabei rückte er weiter, und die Schlafmaus folgte ihm; der Märzhase setzte sich auf den Platz der Schlafmaus, und Alice nahm, etwas unwillig, den des Märzhasen ein.

place of the March Hare. The Hatter was the only one who got any advantage from the change; and Alice was a good deal worse off than before, as the March Hare had just upset the milk-jug into his plate.

Alice did not wish to offend the Dormouse again, so she began very cautiously: 'But I don't understand. Where did they draw the treacle from?'

'You can draw water out of a water-well,' said the Hatter; 'so I should think you could draw treacle out of a treacle-well–eh, stupid?'

'But they were *in* the well,' Alice said to the Dormouse, not choosing to notice this last remark.

'Of course they were,' said the Dormouse: 'well in.'

This answer so confused poor Alice, that she let the Dormouse go on for some time without interrupting it.

'They were learning to draw,' the Dormouse went on, yawning and rubbing its eyes, for it was getting very sleepy; 'and they drew all manner of things–everything that begins with an M—'

'Why with an M?' said Alice.

'Why not?' said the March Hare.

Alice was silent.

The Dormouse had closed its eyes by this time, and was going off into a doze; but, on being pinched by the Hatter, it woke up with a little shriek, and went on: '—that begins with an M, such as mouse-traps, and the moon, and memory, and muchness–you know you say things are "much of a muchness"–did you ever see such a thing as a drawing of a muchness!'

Der Hutmacher war der Einzige, der von dem Platzwechsel etwas hatte; Alice dagegen traf es viel schlechter als zuvor, da der Märzhase gerade das Milchkännchen über seinen Teller ausgeschüttet hatte.

Alice wollte die Schlafmaus nicht schon wieder kränken und begann daher sehr vorsichtig: »Aber eins verstehe ich nicht ganz. Wie konnten sie den Sirup mahlen?«

»Man kann doch Wasser malen«, sagte der Hutmacher; »also kann man ja wohl auch Sirup malen – hm, du dümmliches Ding?«

»Aber sie waren doch *im* Brunnen«, sagte Alice zur Schlafmaus, wobei sie die letzte Bemerkung einfach überhörte.

»Natürlich waren sie das«, sagte die Schlafmaus, »ganz malerisch.«

Diese Antwort verwirrte die arme Alice so sehr, dass sie die Schlafmaus eine Zeitlang weiterreden ließ, ohne sie zu unterbrechen.

»Sie lernten also malen«, fuhr die Schlafmaus fort und gähnte dabei und rieb sich die Augen, denn sie wurde nun ziemlich schläfrig; »und sie malten alle möglichen Dinge – alles, was mit M anfängt …«

»Warum mit M?«, fragte Alice.

»Warum nicht?«, fragte der Märzhase.

Alice schwieg.

Die Schlafmaus hatte mittlerweile die Augen zugemacht und döste vor sich hin; aber als der Hutmacher sie kniff, wachte sie leise quietschend wieder auf und fuhr fort: »… was mit M anfängt, wie Mausefalle, Mond, Morgenröte, und manches Mal – ihr wisst ja, man sagt: ›Das habe ich manches Mal gemacht‹ – hast du je so etwas wie ein manches Mal gemalt gesehen?«

'Really, now you ask me,' said Alice, very much confused, 'I don't think—'

'Then you shouldn't talk,' said the Hatter.

This piece of rudeness was more than Alice could bear: she got up in great disgust, and walked off: the Dormouse fell asleep instantly, and neither of the others took the least notice of her going, though she looked back once or twice, half hoping that they would call after her: the last time she saw them, they were trying to put the Dormouse into the teapot.

'At any rate I'll never go *there* again!' said Alice, as she picked her way through the wood. 'It's the stupidest tea-party I ever was at in all my life!'

Just as she said this, she noticed that one of the trees had a door leading right into it. 'That's very curious!' she thought. 'But everything's curious today. I think I may as well go in at once.' And in she went.

Once more she found herself in the long hall, and close to the little glass table. 'Now, I'll manage better this time,' she said to herself, and began by taking the little golden key, and unlocking the door that led into the garden. Then she set to work nibbling at the mushroom (she had kept a piece of it in her pocket) till she was about a foot high: then she walked down the little passage: and *then*—she found herself at last in the beautiful garden, among the bright flower-beds and the cool fountains.

»Also wirklich, da du mich schon fragst«, sagte Alice ganz verwirrt, »ich glaube nicht …«

»Dann halt lieber den Mund«, sagte der Hutmacher.

Diese Unverschämtheit war Alice nun doch zu viel: Angewidert stand sie auf und ging ihrer Wege; die Schlafmaus schlief gleich wieder ein, und die beiden anderen nahmen von ihrem Fortgehen keinerlei Notiz, obwohl Alice sich noch ein paar Mal nach ihnen umdrehte, in der schwachen Hoffnung, zurückgerufen zu werden. Als sie ein letztes Mal zu ihnen hinsah, versuchten sie gerade, die Schlafmaus in die Teekanne zu stecken.

»*Dorthin* gehe ich jedenfalls nicht mehr zurück!«, sagte Alice, während sie sich ihren Weg durch den Wald suchte. »Das ist die dämlichste Teeparty, auf der ich jemals gewesen bin!«

Just als sie das sagte, bemerkte sie, dass einer der Bäume eine Tür hatte, die direkt hineinführte. »Das ist höchst merkwürdig!«, dachte sie. »Aber heute ist ja alles so merkwürdig! Mir scheint, ich gehe am besten sofort hinein.« Und das tat sie.

Wieder stand sie in dem langen Saal, dicht bei dem kleinen Glastisch. »Diesmal werde ich es geschickter anstellen«, sagte sie zu sich und nahm als Erstes das goldene Schlüsselchen und schloss die Tür auf, die in den Garten führte. Danach knabberte sie an dem Pilz (von dem sie noch ein Stückchen in ihrer Tasche hatte), bis sie nur noch ungefähr einen Fuß groß war, dann ging sie den kleinen Gang hinunter; und *dann* – fand sie sich endlich in dem schönen Garten wieder, zwischen den leuchtend bunten Blumenbeeten und den kühlen Springbrunnen.

CHAPTER VIII

The Queen's Croquet-Ground

A large rose-tree stood near the entrance of the garden: the roses growing on it were white, but there were three gardeners at it, busily painting them red. Alice thought this a very curious thing, and she went nearer to watch them, and, just as she came up to them, she heard one of them say 'Look out now, Five! Don't go splashing paint over me like that!'

'I couldn't help it,' said Five, in a sulky tone. 'Seven jogged my elbow.'

On which Seven looked up and said 'That's right, Five! Always lay the blame on others!'

'*You'd* better not talk!' said Five. 'I heard the Queen say only yesterday you deserved to be beheaded.'

'What for?' said the one who had spoken first.

'That's none of *your* business, Two!' said Seven.

'Yes, it *is* his business!' said Five. 'And I'll tell him—it was for bringing the cook tulip-roots instead of onions.'

Seven flung down his brush, and had just begun 'Well, of all the unjust things—' when his eye chanced to fall upon Alice, as she stood watching them, and he checked himself suddenly: the others looked round also, and all of them bowed low.

'Would you tell me, please,' said Alice, a little timidly, 'why you are painting those roses?'

Achtes Kapitel

Auf dem königlichen Croquetfeld

In der Nähe des Eingangs stand ein großer Rosenstock; die Blüten daran waren weiß, aber drei Gärtner waren eifrig damit beschäftigt, sie rot anzumalen. Alice kam das sehr merkwürdig vor, und als sie näher trat, um ihnen zuzuschauen, hörte sie einen von ihnen sagen: »Pass doch auf, Fünf! Bespritz mich nicht so mit Farbe!«

»Ich kann nichts dafür«, sagte Fünf missmutig. »Sieben hat mich am Ellbogen gestoßen.«

Worauf Sieben aufsah und sagte: »So ist's recht, Fünf! Immer die Schuld auf andere schieben!«

»*Du* sei lieber ganz still!«, sagte Fünf. »Erst gestern hörte ich die Königin sagen, dass du geköpft gehörst!«

»Wofür denn?«, fragte der, der zuerst gesprochen hatte.

»Das geht *dich* gar nichts an, Zwei!«, sagte Sieben.

»Doch, das geht ihn *sehr wohl* etwas an!«, sagte Fünf. »Und ich sage es ihm auch – dafür, dass er dem Koch statt richtiger Zwiebeln Tulpenzwiebeln gebracht hat.«

Sieben warf seinen Pinsel hin und fing gerade an: »Also, alles was recht ist ...«, als sein Blick zufällig auf Alice fiel, wie sie so dastand und ihnen zuschaute; da hielt er plötzlich inne, und auch die anderen sahen sich um und alle drei machten eine tiefe Verbeugung.

»Würdet ihr mir bitte erklären«, sagte Alice ein wenig schüchtern, »warum ihr die Rosen dort anmalt?«

Five and Seven said nothing, but looked at Two. Two began, in a low voice, 'Why, the fact is, you see, Miss, this here ought to have been a *red* rose-tree, and we put a white one in by mistake; and, if the Queen was to find it out, we should all have our heads cut off, you know. So you see, Miss, we're doing our best, afore she comes, to–' At this moment, Five, who had been anxiously looking across the garden, called out 'The Queen! The Queen!', and the three gardeners instantly threw themselves flat upon their faces. There was a sound of many footsteps, and Alice looked round, eager to see the Queen.

First came ten soldiers carrying clubs: these were all shaped like the three gardeners, oblong and flat, with their hands and feet at the corners: next the ten courtiers: these were ornamented all over with diamonds, and walked two and two, as the soldiers did. After these came the royal children: there were ten of them, and the little dears came jumping merrily along, hand in hand, in couples: they were all ornamented with hearts. Next came the guests, mostly Kings and Queens, and among them Alice recognised the White Rabbit: it was talking in a hurried nervous manner, smiling at everything that was said, and went by without noticing her. Then followed the Knave of Hearts, carrying the King's crown on a crimson velvet cushion; and, last of all this grand procession, came THE KING AND THE QUEEN OF HEARTS.

Alice was rather doubtful whether she ought not to lie down on her face like the three gardeners,

Fünf und Sieben sagten kein Wort, sondern sahen Zwei an. Zwei begann mit leiser Stimme: »Nun ja, sehen Sie, Fräulein, dies hier hätte eigentlich ein *roter* Rosenstock sein sollen, und wir haben aus Versehen einen weißen gepflanzt; und wenn das die Königin erfährt, dann sind wir allesamt unsere Köpfe los, wissen Sie. Und deshalb, das sehen Sie ja, Fräulein, tun wir unser Bestes, ehe sie kommt, um …« In diesem Augenblick rief Fünf, der ängstlich den Garten im Blick behalten hatte: »Die Königin! Die Königin!«, und augenblicks warfen die drei Gärtner sich flach auf den Boden. Man hörte das Geräusch vieler Schritte, und Alice wandte sich um, weil sie unbedingt die Königin sehen wollte.

Zuerst kamen zehn mit Knüppeln bewaffnete Soldaten: Sie hatten alle die gleiche Gestalt wie die drei Gärtner, nämlich die flacher Rechtecke, aus deren Ecken die Hände und Füße ragten; danach kamen die zehn Höflinge: Sie waren über und über mit Diamanten geschmückt und gingen paarweise, wie die Soldaten. Danach kamen die königlichen Kinder: Die lieben Kleinen waren zu zehnt und kamen Hand in Hand in Zweierreihen fröhlich herangehüpft, über und über mit Herzen geschmückt. Als Nächstes kamen die Gäste, meist Könige und Königinnen, und zwischen ihnen erkannte Alice das Weiße Kaninchen: Es unterhielt sich hastig und scheu, lächelte zu allem, was gesagt wurde, und ging an ihr vorbei, ohne sie zu bemerken. Darauf folgte der Herzbube, der auf einem scharlachroten Samtkissen die Königskrone trug; und den Abschluss dieses prächtigen Festzugs bildeten DER HERZKÖNIG UND DIE HERZKÖNIGIN.

Alice wusste nicht so recht, ob sie sich, wie die drei Gärtner, flach auf den Boden legen sollte, aber sie konnte sich

but she could not remember ever having heard of such a rule at processions; 'and besides, what would be the use of a procession,' thought she, 'if people had all to lie down on their faces, so that they couldn't see it?' So she stood where she was, and waited.

When the procession came opposite to Alice, they all stopped and looked at her, and the Queen said, severely, 'Who is this?' She said it to the Knave of Hearts, who only bowed and smiled in reply.

'Idiot!' said the Queen, tossing her head impatiently; and, turning to Alice, she went on: 'What's your name, child?'

'My name is Alice, so please your Majesty,' said Alice very politely; but she added, to herself, 'Why, they're only a pack of cards, after all. I needn't be afraid of them!'

'And who are *these?*' said the Queen, pointing to the three gardeners who were lying round the rose-tree; for, you see, as they were lying on their faces, and the pattern on their backs was the same as the rest of the pack, she could not tell whether they were gardeners, or soldiers, or courtiers, or three of her own children.

'How should *I* know?' said Alice, surprised at her own courage. 'It's no business *of mine.*'

The Queen turned crimson with fury, and, after glaring at her for a moment like a wild beast, began screaming 'Off with her head! Off with—'

'Nonsense!' said Alice, very loudly and decidedly, and the Queen was silent.

nicht erinnern, je von einer solchen Vorschrift bei Festzügen gehört zu haben. »Und außerdem, welchen Sinn hätten dann Festzüge überhaupt«, dachte sie, »wenn sich alle Leute mit dem Gesicht nach unten hinlegen müssten, sodass sie gar nichts sehen könnten?« Also rührte sie sich nicht von der Stelle und wartete ab.

Als der Zug direkt vor Alice angekommen war, blieben alle stehen und sahen sie an, und die Königin fragte streng: »Wer ist das?« Sie hatte die Frage an den Herzbuben gerichtet, der zur Antwort nur eine Verbeugung machte und lächelte.

»Schafskopf!«, sagte die Königin und warf unwillig den Kopf zurück; dann wandte sie sich an Alice und fuhr fort: »Wie lautet dein Name, Kind?«

»Mein Name ist Alice, mit Verlaub, Euer Majestät!«, sagte Alice überaus höflich; aber im Stillen fügte sie hinzu: »Ach was, die sind ja nur ein Kartenspiel, nichts weiter. Vor denen brauche ich mich nicht zu fürchten!«

»Und wer sind *die* da?«, fragte die Königin, indem sie auf die drei Gärtner deutete, die rund um den Rosenstock lagen; denn, wisst Ihr, da sie ja auf dem Gesicht lagen und das Muster auf ihren Rücken dasselbe war wie bei den übrigen Karten, konnte sie nicht erkennen, ob es Gärtner oder Soldaten oder Höflinge oder drei ihrer eigenen Kindern waren.

»Woher soll *ich* denn das wissen?«, sagte Alice und staunte selbst über ihren Mut. »Das geht doch *mich* nichts an.«

Die Königin wurde puterrot vor Zorn, und nachdem sie Alice einen Moment lang wie ein wildes Tier angestarrt hatte, brüllte sie los: »Ab mit dem Kopf! Ab mit ...«

»Unsinn!«, sagte Alice sehr laut und entschieden, und die Königin verstummte.

The King laid his hand upon her arm, and timidly said 'Consider, my dear: she is only a child!'

The Queen turned angrily away from him, and said to the Knave 'Turn them over!'

The Knave did so, very carefully, with one foot.

'Get up!' said the Queen in a shrill, loud voice, and the three gardeners instantly jumped up, and began bowing to the King, the Queen, the royal children, and everybody else.

'Leave off that!' screamed the Queen. 'You make me giddy.' And then, turning to the rose-tree, she went on 'What *have* you been doing here?'

'May it please your Majesty,' said Two, in a very humble tone, going down on one knee as he spoke, 'we were trying–'

'*I* see!' said the Queen, who had meanwhile been examining the roses. 'Off with their heads!' and the procession moved on, three of the soldiers remaining behind to execute the unfortunate gardeners, who ran to Alice for protection.

'You sha'n't be beheaded!' said Alice, and she put them into a large flower-pot that stood near. The three soldiers wandered about for a minute or two, looking for them, and then quietly marched off after the others.

'Are their heads off?' shouted the Queen.

'Their heads are gone, if it please your Majesty!' the soldiers shouted in reply.

'That's right!' shouted the Queen. 'Can you play croquet?'

Der König legte ihr seine Hand auf den Arm und sagte ängstlich: »Bedenke, mein Liebes: Sie ist bloß ein Kind!«

Die Königin wandte sich ärgerlich von ihm ab und sagte zu dem Herzbuben: »Dreh die da um!«

Das tat der Bube, sehr sorgfältig, mit einem Fuß.

»Aufstehen!«, bellte die Königin mit schriller, lauter Stimme, und die drei Gärtner sprangen unverzüglich auf und fingen an, sich vor dem König, der Königin, den königlichen Kindern und allen Übrigen zu verneigen.

»Lasst das!«, schrie die Königin. »Ihr macht mich ganz schwindlig.« Dann wandte sie sich nach dem Rosenstock um fuhr fort: »Was habt ihr denn *hier* gemacht?«

»Mit Verlaub, Euer Majestät«, sagte Zwei in sehr demütigem Tonfall und ließ sich dabei auf ein Knie nieder, »wir haben gerade versucht …«

»*Ich* weiß Bescheid!«, sagte die Königin, die sich inzwischen die Rosen genau angesehen hatte. »Ab mit den Köpfen!« Und der Festzug setzte sich wieder in Bewegung, während drei der Soldaten zurückblieben, um die bedauernswerten Gärtner hinzurichten, die zu Alice rannten, um bei ihr Schutz zu suchen.

»Ihr sollt nicht geköpft werden!«, sagte Alice und steckte sie in einen großen Blumentopf, der in der Nähe stand. Die drei Soldaten liefen noch ein Weilchen hin und her und suchten nach ihnen, dann marschierten sie ruhig hinter den anderen her.

»Sind ihre Köpfe ab?«, schrie die Königin.

»Mit Verlaub, Euer Majestät, ihre Köpfe sind weg!«, schrien die Soldaten zurück.

»Gut so!«, schrie die Königin. »Kannst du Croquet spielen?«

The soldiers were silent, and looked at Alice, as the question was evidently meant for her.

'Yes!' shouted Alice.

'Come on, then!' roared the Queen, and Alice joined the procession, wondering very much what would happen next.

'It's–it's a very fine day!' said a timid voice at her side. She was walking by the White Rabbit, who was peeping anxiously into her face.

'Very,' said Alice. 'Where's the Duchess?'

'Hush! Hush!' said the Rabbit in a low hurried tone. He looked anxiously over his shoulder as he spoke, and then raised himself upon tiptoe, put his mouth close to her ear, and whispered 'She's under sentence of execution.'

'What for?' said Alice.

'Did you say "What a pity!"?' the Rabbit asked.

'No, I didn't,' said Alice. 'I don't think it's at all a pity. I said "What for?"'

'She boxed the Queen's ears–' the Rabbit began. Alice gave a little scream of laughter. 'Oh, hush!' the Rabbit whispered in a frightened tone. 'The Queen will hear you! You see she came rather late, and the Queen said–'

'Get to your places!' shouted the Queen in a voice of thunder, and people began running about in all directions, tumbling up against each other: however, they got settled down in a minute or two, and the game began.

Die Soldaten schwiegen und sahen Alice an, da die Frage offensichtlich ihr gegolten hatte.

»Ja!«, schrie Alice.

»Dann komm mit!«, brüllte die Königin, und Alice schloss sich dem Festzug an, sehr gespannt darauf, was als Nächstes geschehen würde.

»Es ist – es ist ein sehr schöner Tag!«, sagte eine schüchterne Stimme an ihrer Seite. Alice ging jetzt neben dem Weißen Kaninchen, das ihr neugierig und besorgt ins Gesicht blickte.

»Ja, sehr«, sagte Alice. »Wo ist denn die Herzogin?«

»Pst! Leise!«, flüsterte das Kaninchen hastig. Dabei sah es ängstlich über seine Schulter, stellte sich dann auf die Zehenspitzen, kam mit dem Mund dicht an Alices Ohr und wisperte: »Sie ist zum Tode verurteilt.«

»Wofür denn?«, fragte Alice.

»Sagtest du ›Wie schade!‹?«, fragte das Kaninchen.

»Nein«, erwiderte Alice, »ich finde es überhaupt nicht schade. Ich sagte: ›Wofür denn?‹«

»Sie hat der Königin eine Ohrfeige verpasst …«, fing das Kaninchen an. Alice lachte kurz auf. »Oh, leise!«, raunte das Kaninchen erschrocken. »Die Königin wird dich hören! Also, sie hatte sich etwas verspätet, weißt du, und die Königin sagte …«

»Auf eure Plätze!«, schrie die Königin mit Donnerstimme, und sofort rannten alle wild drauflos und stolperten dabei übereinander; doch nach einigen Minuten hatten sie sich beruhigt und aufgestellt, und das Spiel begann.

Alice thought she had never seen such a curious croquet-ground in her life: it was all ridges and furrows: the croquet balls were live hedgehogs, and the mallets live flamingoes, and the soldiers had to double themselves up and stand on their hands and feet, to make the arches.

The chief difficulty Alice found at first was in managing her flamingo: she succeeded in getting its body tucked away, comfortably enough, under her arm, with its legs hanging down, but generally, just as she had got its neck nicely straightened out, and was going to give the hedgehog a blow with its head, it *would* twist itself round and look up in her face, with such a puzzled expression that she could not help bursting out laughing; and, when she had got its head down, and was going to begin again, it was very provoking to find that the hedgehog had unrolled itself, and was in the act of crawling away: besides all this, there was generally a ridge or a furrow in the way wherever she wanted to send the hedgehog to, and, as the doubled-up soldiers were always getting up and walking off to other parts of the ground, Alice soon came to the conclusion that it was a very difficult game indeed.

The players all played at once, without waiting for turns, quarreling all the while, and fighting for the hedgehogs; and in a very short time the Queen was in a furious passion, and went stamping about, and shouting 'Off with his head!' or 'Off with her head!' about once in a minute.

Alice began to feel very uneasy: to be sure, she had not as yet had any dispute with the Queen, but

Alice konnte sich nicht erinnern, jemals in ihrem Leben ein so seltsames Croquetfeld gesehen zu haben: Es bestand nur aus Hügeln und Furchen, die Kugeln waren lebende Igel, die Schläger lebende Flamingos, und die Soldaten mussten sich in der Mitte zusammenfalten und auf Händen und Füßen stehen, um die Tore zu bilden.

Am schwierigsten fand es Alice zunächst, mit ihrem Flamingo fertig zu werden; es gelang ihr zwar, seinen Körper einigermaßen bequem unter ihrem Arm festzuklemmen, wobei seine Beine herunterbaumelten, aber immer wenn sie seinen Hals schön gerade gebogen hatte und mit seinem Kopf dem Igel einen Schlag versetzen wollte, drehte sich der Vogel um und sah ihr mit einem so verdutzten Ausdruck ins Gesicht, dass sie laut loslachen musste; und wenn sie dann endlich seinen Kopf wieder unten hatte und von Neuem beginnen wollte, musste sie zu ihrem Leidwesen feststellen, dass der Igel sich auseinandergerollt hatte und gerade dabei war davonzukriechen. Zu allem Überfluss war gewöhnlich immer dort ein Hügel oder eine Furche im Weg, wohin sie den Igel befördern wollte, und da die zusammengefalteten Soldaten in einem fort aufstanden und an eine andere Stelle des Spielfelds liefen, kam Alice bald zu dem Schluss, dass das nun wirklich ein sehr schwieriges Spiel war.

Die Spieler spielten alle gleichzeitig, ohne zu warten, bis sie an der Reihe waren; dabei stritten sie andauernd und zankten sich um die Igel, und in kürzester Zeit war die Königin ganz rasend vor Zorn, lief stampfend umher und schrie ungefähr einmal in der Minute: »Er da, ab mit dem Kopf!«, oder: »Sie da, ab mit dem Kopf!«

Alice begann sich sehr unbehaglich zu fühlen; sicher, bis jetzt hatte sie noch keinen Streit mit der Königin ge-

she knew that it might happen any minute, 'and then,' thought she, 'what would become of me? They're dreadfully fond of beheading people here: the great wonder is, that there's any one left alive!'

She was looking about for some way of escape, and wondering whether she could get away without being seen, when she noticed a curious appearance in the air: it puzzled her very much at first, but after watching it a minute or two she made it out to be a grin, and she said to herself 'It's the Cheshire-Cat: now I shall have somebody to talk to.'

'How are you getting on?' said the Cat, as soon as there was mouth enough for it to speak with.

Alice waited till the eyes appeared, and then nodded. 'It's no use speaking to it,' she thought, 'till its ears have come, or at least one of them.' In another minute the whole head appeared, and then Alice put down her flamingo, and began an account of the game, feeling very glad she had some one to listen to her. The Cat seemed to think that there was enough of it now in sight, and no more of it appeared.

'I don't think they play at all fairly,' Alice began, in rather a complaining tone, 'and they all quarrel so dreadfully one can't hear oneself speak–and they don't seem to have any rules in particular: at least, if there are, nobody attends to them–and you've no idea how confusing it is all the things being alive: for instance, there's the arch I've got to go through next walking about at the other end of the ground–and I should have croqueted the

habt, aber sie wusste, dass es jeden Moment dazu kommen konnte, »und was«, dachte sie, »soll dann aus mir werden? Die haben hier eine schreckliche Vorliebe, Leute zu köpfen; es ist ein großes Wunder, dass überhaupt noch welche am Leben sind!«

Sie sah sich nach einem Fluchtweg um und fragte sich gerade, ob sie wohl unbemerkt würde entkommen können, da bemerkte sie eine seltsame Erscheinung in der Luft: Zuerst stand sie vor einem Rätsel, doch nachdem sie sie eine Weile beobachtet hatte, erkannte sie darin ein Grinsen und sagte sich: »Es ist die Cheshire-Katze; endlich kann ich mit jemandem reden.«

»Wie kommst du denn zurecht?«, fragte die Katze, sobald genug Maul da war, um damit zu sprechen.

Alice wartete, bis die Augen aufgetaucht waren, und nickte dann. »Es ist zwecklos, mit ihr zu reden«, dachte sie, »bevor ihre Ohren da sind, oder wenigstens eins von ihnen.« Kurz darauf erschien der ganze Kopf, und da setzte Alice ihren Flamingo ab und begann von dem Spiel zu berichten, sehr froh, jemanden zum Zuhören zu haben. Die Katze fand offenbar, es sei jetzt genug von ihr zu sehen, sodass von ihr nichts weiter erschien.

»Ich glaube, sie spielen vollkommen unfair«, begann Alice im Tonfall einer Beschwerde, »und sie streiten sich alle so fürchterlich, dass man sein eigenes Wort nicht versteht – und Spielregeln haben sie anscheinend überhaupt keine, und falls es welche gibt, so hält sich zumindest keiner daran – und du kannst dir nicht vorstellen, wie es einen verwirrt, wenn sämtliche Sachen lebendig sind: Da zum Beispiel läuft gerade das Tor, durch das ich als Nächstes hindurchmuss, am andern Ende des Spielfelds herum –

Queen's hedgehog just now, only it ran away when it saw mine coming!'

'How do you like the Queen?' said the Cat in a low voice.

'Not at all,' said Alice: 'she's so extremely—' Just then she noticed that the Queen was close behind her, listening: so she went on '—likely to win, that it's hardly worth while finishing the game.'

The Queen smiled and passed on.

'Who *are* you talking to?' said the King, coming up to Alice, and looking at the Cat's head with great curiosity.

'It's a friend of mine—a Cheshire-Cat,' said Alice: 'allow me to introduce it.'

'I don't like the look of it at all,' said the King: 'however, it may kiss my hand, if it likes.'

'I'd rather not,' the Cat remarked.

'Don't be impertinent,' said the King, and don't look at me like that!' He got behind Alice as he spoke.

'A cat may look at a king,' said Alice. 'I've read that in some book, but I don't remember where.'

'Well, it must be removed,' said the King very decidedly; and he called to the Queen, who was passing at the moment, 'My dear! I wish you would have this cat removed!'

The Queen had only one way of settling all difficulties, great or small. 'Off with his head!' she said without even looking round.

und den Igel der Königin hätte ich eben bestimmt croquiert, nur rannte er davon, als er meinen kommen sah!«

»Wie gefällt dir denn die Königin?«, fragte die Katze mit leiser Stimme.

»Ganz und gar nicht«, sagte Alice, »sie ist doch allzu ...« In dem Moment bemerkte sie, dass die Königin dicht hinter ihr stand und zuhörte, also setzte sie hinzu: »... wahrscheinlich dabei zu gewinnen, sodass es sich kaum lohnt, bis zum Ende zu spielen.«

Die Königin lächelte und ging weiter.

»Mit wem *redest* du da eigentlich?«, fragte der König, indem er auf Alice zutrat und mit großer Neugier den Katzenkopf betrachtete.

»Das ist eine Freundin von mir – eine Cheshire-Katze«, sagte Alice; »erlaubt mir, sie Euch vorzustellen.«

»Ihr Blick gefällt mir zwar gar nicht«, sagte der König; »aber sie darf mir die Hand küssen, wenn sie will.«

»Lieber nicht«, versetzte die Katze.

»Sei nicht unverschämt«, sagte der König, »und sieh mich gefälligst nicht so an!« Dabei stellte er sich hinter Alice.

»Eine Katze darf einen König ansehen«, sagte Alice, »das hab ich in irgendeinem Buch gelesen, ich weiß aber nicht mehr, in welchem.«

»Nun, sie muss entfernt werden«, sagte der König sehr entschieden und rief der Königin zu, die gerade vorbeiging: »Mein Liebes! Ich wünschte, du würdest diese Katze entfernen lassen!«

Die Königin kannte nur eine Art, mit Schwierigkeiten, großen und kleinen, fertig zu werden. »Ab mit dem Kopf!«, sagte sie, ohne sich auch nur umzudrehen.

'I'll fetch the executioner myself,' said the King eagerly, and he hurried off.

Alice thought she might as well go back and see how the game was going on, as she heard the Queen's voice in the distance, screaming with passion. She had already heard her sentence three of the players to be executed for having missed their turns, and she did not like the look of things at all, as the game was in such confusion that she never knew whether it was her turn or not. So she went off in search of her hedgehog.

The hedgehog was engaged in a fight with another hedgehog, which seemed to Alice an excellent opportunity for croqueting one of them with the other: the only difficulty was, that her flamingo was gone across to the other side of the garden, where Alice could see it trying in a helpless sort of way to fly up into a tree.

By the time she had caught the flamingo and brought it back, the fight was over, and both the hedgehogs were out of sight: 'but it doesn't matter much,' thought Alice, 'as all the arches are gone from this side of the ground.' So she tucked it away under her arm, that it might not escape again, and went back to have a little more conversation with her friend.

When she got back to the Cheshire-Cat, she was surprised to find quite a large crowd collected round it: there was a dispute going on between the executioner, the King, and the Queen, who were

»Ich selbst werde den Scharfrichter holen«, sagte der König eifrig und eilte davon.

Alice dachte, sie könnte ebenso gut zurückgehen und nachsehen, wie das Spiel vorankam, denn aus der Ferne ertönte wieder die Stimme der Königin, kreischend vor Zorn. Sie hatte bereits gehört, wie die Königin drei Spieler zum Tode verurteilt hatte, weil diese ihre Einsätze verpasst hatten, und das Bild, das sich ihr bot, behagte ihr gar nicht, denn das Spiel war nur noch ein einziges Durcheinander, sodass sie nie wusste, ob sie nun an der Reihe war oder nicht. Also machte sie sich auf die Suche nach ihrem Igel.

Der kämpfte gerade mit einem anderen Igel, was Alice eine hervorragende Gelegenheit zu sein schien, den einen von beiden mit dem anderen zu croquieren; die einzige Schwierigkeit bestand darin, dass ihr Flamingo quer hinüber ans andere Ende des Gartens gelaufen war, wo Alice ihn sehen konnte, wie er recht unbeholfen versuchte, in einen Baum hinaufzufliegen.

Nachdem sie den Flamingo wieder eingefangen und zurückgebracht hatte, war der Kampf vorbei und von den beiden Igeln nichts mehr zu sehen. »Aber das macht nicht viel aus«, dachte Alice, »da von dieser Seite des Spielfelds sowieso alle Tore verschwunden sind.« Sie klemmte sich also ihren Flamingo unter den Arm, damit er nicht wieder entwischen konnte, und ging zurück, um sich noch ein wenig mit ihrer Freundin zu unterhalten.

Als sie zur Cheshire-Katze zurückkam, stellte sie zu ihrer Überraschung fest, dass sich dort eine große Menge versammelt hatte: Es war ein heftiger Streit im Gange zwischen dem Scharfrichter, dem König und der Königin, die

all talking at once, while all the rest were quite silent, and looked very uncomfortable.

The moment Alice appeared, she was appealed to by all three to settle the question, and they repeated their arguments to her, though, as they all spoke at once, she found it very hard to make out exactly what they said.

The executioner's argument was, that you couldn't cut off a head unless there was a body to cut it off from: that he had never had to do such a thing before, and he wasn't going to begin at *his* time of life.

The King's argument was that anything that had a head could be beheaded, and that you weren't to talk nonsense.

The Queen's argument was that, if something wasn't done about it in less than no time, she'd have everybody executed, all round. (It was this last remark that had made the whole party look so grave and anxious.)

Alice could think of nothing else to say but 'It belongs to the Duchess: you'd better ask *her* about it.'

'She's in prison,' the Queen said to the executioner: 'fetch her here.' And the executioner went off like an arrow.

The Cat's head began fading away the moment he was gone, and, by the time he had come back with the Duchess, it had entirely disappeared: so the King and the executioner ran wildly up and down, looking for it, while the rest of the party went back to the game.

alle gleichzeitig sprachen, während die Übrigen keinen Mucks taten und ziemlich unbehaglich dreinblickten.

Sobald Alice erschien, wurde sie von allen dreien gebeten, die Streitfrage zu klären, und sie wiederholten ihr gegenüber ihre Argumente, wobei Alice große Mühe hatte, genau zu verstehen, was sie sagten, da sie ja alle auf einmal sprachen.

Der Scharfrichter führte ins Feld, dass man einen Kopf nicht abschlagen könne, wenn kein Körper da sei, von dem man ihn abschlagen soll; dass er so etwas noch nie habe tun müssen und in *seinem* Alter auch nicht damit anzufangen gedenke.

Der König argumentierte, dass alles, was einen Kopf habe, auch geköpft werden könne und dass man keinen Unsinn daherreden solle.

Die Königin hielt dagegen, dass wenn nicht in null Komma nichts etwas geschehe, sie alle in der Runde hinrichten lassen werde. (Diese letzte Bemerkung war der Grund gewesen, weshalb die ganze Gesellschaft so ernst und ängstlich dreinblickte.)

Alice fiel nichts anderes ein, als zu sagen: »Sie gehört der Herzogin: Ihr solltet also besser *sie* fragen.«

»Die sitzt im Gefängnis«, sagte die Königin zum Scharfrichter, »bring sie her.« Und der Scharfrichter schoss davon wie ein Pfeil.

Kaum war er weg, begann der Katzenkopf zu verblassen, und als dann der Scharfrichter mit der Herzogin zurückkam, war er gänzlich verschwunden; und so rannten der König und der Scharfrichter wild hin und her und suchten danach, während die übrige Gesellschaft sich wieder dem Spiel zuwandte.

CHAPTER IX

The Mock Turtle's Story

'You ca'n't think how glad I am to see you again, you dear old thing!' said the Duchess, as she tucked her arm affectionately into Alice's, and they walked off together.

Alice was very glad to find her in such a pleasant temper, and thought to herself that perhaps it was only the pepper that had made her so savage when they met in the kitchen.

'When *I'm* a Duchess,' she said to herself (not in a very hopeful tone, though), 'I wo'n't have any pepper in my kitchen *at all*. Soup does very well without–Maybe it's always pepper that makes people hot-tempered,' she went on, very much pleased at having found out a new kind of rule, 'and vinegar that makes them sour–and camomile that makes them bitter–and–and barley-sugar and such things that make children sweet-tempered. I only wish people knew *that*: then they wouldn't be so stingy about it, you know—'

She had quite forgotten the Duchess by this time, and was a little startled when she heard her voice close to her ear. 'You're thinking about something, my dear, and that makes you forget to talk. I ca'n't tell you just now what the moral of that is, but I shall remember it in a bit.'

'Perhaps it hasn't one,' Alice ventured to remark.

Neuntes Kapitel

Die Geschichte der Falschen Schildkröte

»Du kannst dir nicht vorstellen, wie froh ich bin, dich wiederzusehen, du liebes Dingelchen!«, sagte die Herzogin, indem sie sich bei Alice liebevoll einhakte und beide zusammen davonspazierten.

Alice war sehr froh, sie in so angenehmer Stimmung zu finden, und dachte im Stillen, es sei vielleicht nur der Pfeffer gewesen, der sie so unausstehlich gemacht hatte, als sie einander in der Küche begegnet waren.

»Wenn *ich* Herzogin bin«, sagte sie sich (allerdings nicht besonders zuversichtlich), »dann werde ich in meiner Küche *gar keinen* Pfeffer dulden. Suppe schmeckt auch ohne sehr gut – möglicherweise ist es immer der Pfeffer, der die Leute so scharfzüngig macht«, fuhr sie fort, hocherfreut, eine neue Art Regel entdeckt zu haben, »und der Essig, der sie sauertöpfisch macht – und der Kamillentee, der sie bitter macht – und von Gerstenzucker und solchen Sachen werden Kinder süß und niedlich. Ich wünschte nur, dass die Leute *das* wüssten: Dann würden sie nämlich nicht so damit knausern, weißt du ...«

Inzwischen hatte sie die Herzogin ganz vergessen und schrak ein wenig zusammen, als sie deren Stimme dicht an ihrem Ohr hörte: »Du denkst über irgendwas nach, Herzchen, und vergisst dabei völlig das Reden. Ich kann dir im Augenblick nicht sagen, was die Moral davon ist, aber das wird mir schon gleich wieder einfallen.«

»Vielleicht hat es keine«, wagte Alice zu bemerken.

'Tut, tut, child!' said the Duchess. 'Every thing's got a moral, if only you can find it.' And she squeezed herself up closer to Alice's side as she spoke.

Alice did not much like her keeping so close to her: first, because the Duchess was *very* ugly; and secondly, because she was exactly the right height to rest her chin on Alice's shoulder, and it was an uncomfortably sharp chin. However, she did not like to be rude: so she bore it as well as she could.

'The game's going on rather better now,' she said, by way of keeping up the conversation a little.

''Tis so,' said the Duchess: 'and the moral of that is—"Oh, 'tis love, 'tis love, that makes the world go round!"'

'Somebody said,' Alice whispered, 'that it's done by everybody minding their own business!'

'Ah, well! It means much the same thing,' said the Duchess, digging her sharp little chin into Alice's shoulder as she added 'and the moral of *that* is—"Take care of the sense, and the sounds will take care of themselves."'

'How fond she is of finding morals in things!' Alice thought to herself.

'I dare say you're wondering why I don't put my arm round your waist,' the Duchess said, after a pause: 'the reason is, that I'm doubtful about the temper of your flamingo. Shall I try the experiment?'

'He might bite,' Alice cautiously replied, not feeling at all anxious to have the experiment tried.

»Papperlapapp, Kindchen!«, sagte die Herzogin. »Alles hat seine Moral, man muss sie nur finden.« Und dabei drängte sie sich noch dichter an Alice heran.

Es behagte Alice nicht sonderlich, dass sie ihr derart nahe rückte: erstens, weil die Herzogin *sehr* hässlich war, und zweitens, weil sie gerade die richtige Größe hatte, um ihr Kinn auf Alices Schulter zu legen, und es war ein unangenehm spitzes Kinn. Sie wollte jedoch nicht unhöflich sein, also ertrug sie es, so gut sie konnte.

»Beim Spiel geht es jetzt etwas besser voran«, sagte sie, um das Gespräch ein wenig in Gang zu halten.

»So ist's«, sagte die Herzogin, »und die Moral davon ist: ›Ach, die Liebe macht's, die Liebe macht's, dass die Welt sich dreht!‹«

»Irgendwer sagte«, flüsterte Alice, »sie würde sich bedeutend schneller drehen, wenn jeder sich um seinen eigenen Kram kümmern würde.«

»Ah, na ja, das ist so ziemlich dasselbe«, sagte die Herzogin, und indem sie ihr spitzes kleines Kinn in Alices Schulter bohrte, fügte sie hinzu: »Und die Moral *davon* ist: ›Wer den Klempner nicht ehrt, ist des Malers nicht wert.‹«

»Wie gern sie in allem eine Moral findet!«, dachte Alice bei sich.

»Du wunderst dich wahrscheinlich, warum ich meinen Arm nicht um deine Hüfte lege«, sagte die Herzogin nach einer Pause; »der Grund ist, weil ich mir nicht sicher bin, wie zahm dein Flamingo ist. Soll ich eine Probe machen?«

»Er könnte beißen«, erwiderte Alice vorsichtig, da sie durchaus nicht auf diese Probe erpicht war.

'Very true,' said the Duchess: 'flamingoes and mustard both bite. And the moral of that is—"Birds of a feather flock together."'

'Only mustard isn't a bird,' Alice remarked.

'Right, as usual,' said the Duchess: 'what a clear way you have of putting things!'

'It's a mineral, I *think*,' said Alice.

'Of course it is,' said the Duchess, who seemed ready to agree to everything that Alice said: 'there's a large mustard-mine near here. And the moral of that is—"The more there is of mine, the less there is of yours."'

'Oh, I know!' exclaimed Alice, who had not attended to this last remark. 'It's a vegetable. It doesn't look like one, but it is.'

'I quite agree with you,' said the Duchess; 'and the moral of that is—"Be what you would seem to be"—or, if you'd like it put more simply—"Never imagine yourself not to be otherwise than what it might appear to others that what you were or might have been was not otherwise than what you had been would have appeared to them to be otherwise."'

'I think I should understand that better,' Alice said very politely, 'if I had it written down: but I ca'n't quite follow it as you say it.'

'That's nothing to what I could say if I chose,' the Duchess replied, in a pleased tone.

'Pray don't trouble yourself to say it any longer than that,' said Alice.

»Sehr richtig«, sagte die Herzogin, »Flamingos und Senf beißen beide. Und die Moral davon ist: ›Gleich und gleich gesellt sich gern.‹«

»Nur dass Senf kein Vogel ist«, wandte Alice ein.

»Du hast recht, wie immer«, sagte die Herzogin; »wie klar du die Sachen ausdrücken kannst!«

»Sondern, *glaube* ich, ein Mineral«, sagte Alice.

»Natürlich ist er das«, sagte die Herzogin, die allem, was Alice sagte, bereitwillig beizupflichten schien, »hier in der Nähe gibt es eine große Senf-Mine. Und die Moral davon ist: ›Wir müssen gute Miene zum bösen Spiel machen.‹«

»Oh, jetzt weiß ich's!«, rief Alice, die auf die letzte Bemerkung nicht geachtet hatte. »Er ist ein Gemüse. Er sieht zwar nicht so aus, ist aber eins.«

»Ich stimme dir voll und ganz zu«, sagte die Herzogin, »und die Moral davon ist: ›Sei, was du scheinen würdest‹ – oder, wenn du's ein bisschen einfacher willst: ›Bilde dir niemals ein, nicht anders zu sein, als was es anderen erscheinen könnte, dass was du warst oder gewesen sein könntest nicht anders war, als dass das, was du gewesen warst, ihnen als anders erschienen wäre.«

»Ich glaube, ich würde das besser verstehen«, sagte Alice sehr höflich, »wenn ich es geschrieben vor mir hätte; aber wenn Sie es so sagen, kann ich nicht ganz folgen.«

»Das ist noch gar nichts gegen das, was ich sagen könnte, wenn ich wollte«, erwiderte die Herzogin hörbar erfreut.

»O bitte, bemühen Sie sich nicht, es noch länger auszudrücken!«, sagte Alice.

'Oh, don't talk about trouble!' said the Duchess. 'I make you a present of everything I've said as yet.'

'A cheap sort of present!' thought Alice. 'I'm glad people don't give birthday-presents like that!' But she did not venture to say it out loud.

'Thinking again?' the Duchess asked, with another dig of her sharp little chin.

'I've a right to think,' said Alice sharply, for she was beginning to feel a little worried.

'Just about as much right,' said the Duchess, 'as pigs have to fly; and the m—'

But here, to Alice's great surprise, the Duchess's voice died away, even in the middle of her favourite word "moral," and the arm that was linked into hers began to tremble. Alice looked up, and there stood the Queen in front of them, with her arms folded, frowning like a thunderstorm.

'A fine day, your Majesty!' the Duchess began in a low, weak voice.

'Now, I give you fair warning,' shouted the Queen, stamping on the ground as she spoke; 'either you or your head must be off, and that in about half no time! Take your choice!'

The Duchess took her choice, and was gone in a moment.

'Let's go on with the game,' the Queen said to Alice; and Alice was too much frightened to say a word, but slowly followed her back to the croquet-ground.

The other guests had taken advantage of the Queen's absence, and were resting in the shade:

»Ach was, von Mühe kann gar nicht die Rede sein!«, sagte die Herzogin. »Ich schenke dir einfach alles, was ich bis jetzt gesagt habe.«

»Ein ziemlich billiges Geschenk!«, dachte Alice. »Ich bin froh, dass die Leute keine solchen Geburtstagsgeschenke machen!« Aber sie traute sich nicht, es laut zu sagen.

»Wieder in Gedanken?«, fragte die Herzogin und grub ihr spitzes kleines Kinn noch tiefer in Alices Schulter.

»Ich habe schließlich das Recht zu denken«, sagte Alice gereizt, denn es wurde ihr langsam unbehaglich.

»Genau so viel Recht«, sagte die Herzogin, »wie es Ferkel haben zu fliegen; und die Mo...«

Doch hier, zu Alices großem Erstaunen, versagte der Herzogin die Stimme, mitten in ihrem Lieblingswort »Moral«, und der Arm, der in ihrem eingehakt war, fing an zu zittern. Alice hob den Blick, und da stand die Königin vor ihnen, mit verschränkten Armen und so finster drohend wie ein Gewitter.

»Ein schöner Tag, Euer Majestät!«, begann die Herzogin mit leiser, schwacher Stimme.

»Ich warne dich!«, schrie die Königin und stampfte dabei mit dem Fuß auf. »Entweder du bist weg oder dein Kopf ist es, und zwar auf der Stelle. Du hast die Wahl!«

Die Herzogin traf ihre Wahl und war im nächsten Augenblick verschwunden.

»Wir wollen weiterspielen«, sagte die Königin zu Alice, die viel zu verängstigt war, um auch nur ein Wort zu erwidern, und ihr stattdessen langsam zurück zum Croquetfeld folgte.

Die übrigen Gäste hatten die Abwesenheit der Königin genutzt und ruhten sich im Schatten aus; doch als sie sie

however, the moment they saw her, they hurried back to the game, the Queen merely remarking that a moment's delay would cost them their lives.

All the time they were playing the Queen never left off quarreling with the other players, and shouting 'Off with his head!' or 'Off with her head!' Those whom she sentenced were taken into custody by the soldiers, who of course had to leave off being arches to do this, so that, by the end of half an hour or so, there were no arches left, and all the players, except the King, the Queen, and Alice, were in custody and under sentence of execution.

Then the Queen left off, quite out of breath, and said to Alice 'Have you seen the Mock Turtle yet?'

'No,' said Alice. 'I don't even know what a Mock Turtle is.'

'It's the thing Mock Turtle Soup is made from,' said the Queen.

'I never saw one, or heard of one,' said Alice.

'Come on, then,' said the Queen, 'and he shall tell you his history.'

As they walked off together, Alice heard the King say in a low voice, to the company generally, 'You are all pardoned.' 'Come, *that's* a good thing!' she said to herself, for she had felt quite unhappy at the number of executions the Queen had ordered.

They very soon came upon a Gryphon, lying fast asleep in the sun. (If you don't know what a Gryphon is, look at the picture.) 'Up, lazy thing!'

kommen sahen, eilten sie augenblicklich wieder aufs Spielfeld, wobei die Königin lediglich bemerkte, dass auch nur die geringste Verzögerung sie das Leben kosten werde.

Während sie spielten, stritt sich die Königin unentwegt mit den andern Spielern herum und schrie andauernd: »Er da, ab mit dem Kopf!«, oder: »Sie da, ab mit dem Kopf!« Sämtliche Verurteilten wurden von den Soldaten in Gewahrsam genommen, und da diese natürlich nun nicht mehr als Tore dienen konnten, gab es nach etwa einer halben Stunde kein einziges Tor mehr, und alle Spieler, mit Ausnahme des Königs, der Königin und Alice, befanden sich in Gewahrsam und sahen ihrer Hinrichtung entgegen.

Völlig außer Atem hörte die Königin dann schließlich auf und sagte zu Alice: »Hast du die Falsche Schildkröte schon gesehen?«

»Nein«, sagte Alice. »Ich weiß nicht einmal, was eine Falsche Schildkröte ist.«

»Sie ist das, woraus man Falsche Schildkrötensuppe macht«, sagte die Königin.

»Ich habe noch nie eine gesehen oder von einer gehört«, sagte Alice.

»Dann komm mit«, sagte die Königin, »sie soll dir ihre Geschichte erzählen.«

Als sie zusammen weggingen, hörte Alice, wie der König mit gesenkter Stimme zu den Anwesenden sagte: »Ihr seid alle begnadigt!« »Na, *das* ist aber schön!«, dachte sie bei sich, denn sie war über die vielen Hinrichtungen, die die Königin befohlen hatte, ganz unglücklich gewesen.

Bald kamen sie zu einem Greif, der in der Sonne lag und schlief. (Wenn Ihr nicht wisst, was ein Greif ist, schaut Euch das Umschlagbild an.) »Auf, du Faulpelz!«, sagte die

said the Queen, 'and take this young lady to see the Mock Turtle, and to hear his history. I must go back and see after some executions I have ordered;' and she walked off, leaving Alice alone with the Gryphon. Alice did not quite like the look of the creature, but on the whole she thought it would be quite as safe to stay with it as to go after that savage Queen: so she waited.

The Gryphon sat up and rubbed its eyes: then it watched the Queen till she was out of sight: then it chuckled. 'What fun!' said the Gryphon, half to itself, half to Alice.

'What *is* the fun?' said Alice.

'Why, *she*,' said the Gryphon. 'It's all her fancy, that: they never executes nobody, you know. Come on!'

'Everybody says "come on!" here,' thought Alice, as she went slowly after it: 'I never was so ordered about before, in all my life, never!'

They had not gone far before they saw the Mock Turtle in the distance, sitting sad and lonely on a little ledge of rock, and, as they came nearer, Alice could hear him sighing as if his heart would break. She pitied him deeply. 'What is his sorrow?' she asked the Gryphon. And the Gryphon answered, very nearly in the same words as before, 'It's all his fancy, that: he hasn't got no sorrow, you know. Come on!'

So they went up to the Mock Turtle, who looked at them with large eyes full of tears, but said nothing.

Königin. »Bring dieses kleine Fräulein zur Falschen Schildkröte, damit es sich ihre Geschichte anhören kann. Ich muss zurück und mich um einige Hinrichtungen kümmern, die ich befohlen habe.« Und damit ging sie davon und ließ Alice mit dem Greif allein. Das Aussehen dieses Geschöpfs gefiel Alice nicht so recht, aber alles in allem schien ihr, dass es nicht weniger sicher sei, bei ihm zu bleiben, als der grausamen Königin nachzulaufen; also wartete sie ab.

Der Greif richtete sich auf und rieb sich die Augen, dann sah er der Königin nach, bis sie verschwunden war, und kicherte in sich hinein. »Was für ein Spaß!«, sagte der Greif, halb zu sich selbst, halb zu Alice.

»Was *ist* denn der Spaß?«, frage Alice.

»Na, *sie*«, sagte der Greif. »Das bildet sie sich doch alles nur ein: Sie richten nämlich niemals nicht niemanden hin. Komm schon!«

»Hier sagt jeder: ›Komm schon!‹«, dachte Alice, als sie ihm langsam folgte. »So bin ich noch nie in meinem Leben herumkommandiert worden, nie!«

Sie waren noch nicht weit gegangen, da sahen sie auch schon in der Ferne die Falsche Schildkröte, die traurig und einsam auf einem kleinen Felsvorsprung saß; und wie sie näher kamen, hörte Alice sie seufzen, als ob ihr das Herz brechen wollte. Sie tat ihr sehr leid. »Was hat sie denn für Kummer?«, fragte sie den Greif. Und der Greif antwortete mit fast denselben Worten wie vorher: »Das bildet sie sich doch alles nur ein: Sie hat nämlich keinerlei Kummer nicht. Komm schon!«

Also gingen sie zu der Falschen Schildkröte hin, die sie mit großen Augen voller Tränen ansah, aber kein Wort sagte.

'This here young lady,' said the Gryphon, 'she wants for to know your history, she do.'

'I'll tell it her,' said the Mock Turtle in a deep, hollow tone. 'Sit down, both of you, and don't speak a word till I've finished.'

So they sat down, and nobody spoke for some minutes. Alice thought to herself 'I don't see how he can *ever* finish, if he doesn't begin.' But she waited patiently.

'Once,' said the Mock Turtle at last, with a deep sigh, 'I was a real Turtle.'

These words were followed by a very long silence, broken only by an occasional exclamation of 'Hjckrrh!' from the Gryphon, and the constant heavy sobbing of the Mock Turtle. Alice was very nearly getting up and saying 'Thank you, Sir, for your interesting story,' but she could not help thinking there *must* be more to come, so she sat still and said nothing.

'When we were little,' the Mock Turtle went on at last, more calmly, though still sobbing a little now and then, 'we went to school in the sea. The master was an old Turtle–we used to call him Tortoise—'

'Why did you call him Tortoise, if he wasn't one?' Alice asked.

'We called him Tortoise because he taught us,' said the Mock Turtle angrily. 'Really you are very dull!'

'You ought to be ashamed of yourself for asking such a simple question,' added the Gryphon; and then they both sat silent and looked at poor Alice,

»Hier das jüngliche Frollein«, sagte der Greif, »die will deine Geschichte wissen, will sie.«

»Ich werde sie ihr erzählen«, sagte die Falsche Schildkröte mit tiefer, hohler Stimme. »Setzt euch hin, alle beide, und sprecht kein Wort, bis ich fertig bin.«

Also setzten sie sich hin, und einige Minuten lang sprach niemand. Alice dachte bei sich: »Ich verstehe nicht, wie sie *jemals* fertig werden kann, wenn sie nicht anfängt.« Aber sie wartete geduldig.

»Einst«, sagte die Falsche Schildkröte endlich mit einem tiefen Seufzer, »war ich eine echte Schildkröte.«

Auf diese Worte folgte ein sehr langes Schweigen, das nur durch ein gelegentlich vom Greif hervorgestoßenes »Hjckrrh!« und das unablässig heftige Schluchzen der Falschen Schildkröte unterbrochen wurde. Alice wäre beinahe aufgestanden und hätte gesagt: »Danke, gnädige Frau, für Ihre interessante Geschichte«, aber sie dachte nun einmal, dass ja noch etwas kommen *müsse*; so blieb sie denn sitzen und sagte nichts.

»Als wir klein waren«, fuhr die Falsche Schildkröte etwas ruhiger, wenn auch hin und wieder aufschluchzend, endlich fort, »gingen wir im Meer zur Schule. Die Lehrerin war eine alte Schildkröte – wir nannten sie Schaltier …«

»Warum nanntet ihr sie Schaltier, wenn sie keins war?«, fragte Alice.

»Wir nannten sie Schaltier, denn sie schalt hier und da, darum«, sagte die Falsche Schildkröte ärgerlich. »Du bist wirklich nicht sehr helle.«

»Du solltest dich schämen, so eine dämliche Frage zu stellen«, setzte der Greif hinzu, und dann saßen beide stumm da und sahen die arme Alice an, die am liebsten im

who felt ready to sink into the earth. At last the Gryphon said to the Mock Turtle 'Drive on, old fellow! Don't be all day about it!', and he went on in these words:–

'Yes, we went to school in the sea, though you mayn't believe it—'

'I never said I didn't!' interrupted Alice.

'You did,' said the Mock Turtle.

'Hold your tongue!' added the Gryphon, before Alice could speak again. The Mock Turtle went on.

'We had the best of educations–in fact, we went to school every day—'

'*I've* been to a day-school, too,' said Alice. 'You needn't be so proud as all that.'

'With extras?' asked the Mock Turtle, a little anxiously.

'Yes,' said Alice: 'we learned French and music.'

'And washing?' said the Mock Turtle.

'Certainly not!' said Alice indignantly.

'Ah! Then yours wasn't a really good school,' said the Mock Turtle in a tone of great relief. 'Now, at *ours*, they had, at the end of the bill, "French, music, *and washing*–extra."'

'You couldn't have wanted it much,' said Alice; 'living at the bottom of the sea.'

'I couldn't afford to learn it,' said the Mock Turtle, with a sigh. 'I only took the regular course.'

'What was that?' inquired Alice.

Erdboden versunken wäre. Schließlich sagte der Greif zu der Falschen Schildkröte: »Fahr zu, alte Kutsche! Mach nicht den ganzen Tag damit rum!« Und sie fuhr folgendermaßen fort:

»Ja, wir gingen im Meer zur Schule, auch wenn du das vielleicht nicht glaubst …«

»Das habe ich nie gesagt«, fiel Alice ihr ins Wort.

»Doch, das hast du«, sagte die Falsche Schildkröte.

»Mund halten!«, setzte der Greif hinzu, ehe Alice darauf antworten konnte. Die Falsche Schildkröte sprach weiter.

»Wir hatten die allerbeste Erziehung – wir gingen tatsächlich jeden Tag in die Schule …«

»Das war bei *mir* auch nicht anders«, sagte Alice. »Darauf brauchst du dir nicht so viel einzubilden.«

»Mit Extraunterricht?«, fragte die Falsche Schildkröte etwas kleinlaut.

»Ja«, sagte Alice, »wir lernten Französisch und Musik.«

»Und Wäschewaschen?«, fragte die Falsche Schildkröte.

»Das bestimmt nicht!«, sagte Alice empört.

»Ah! Dann war es keine wirklich gute Schule«, sagte die Falsche Schildkröte hörbar erleichtert. »Also, in *unserer* stand am Ende der Rechnung fürs Schulgeld immer: ›Französisch, Musik *und Wäschewaschen* – extra.‹«

»Das dürftet ihr nicht besonders nötig gehabt haben«, sagte Alice, »da unten auf dem Meeresgrund.«

»Ich hatte kein Geld, um es zu lernen«, sagte die Falsche Schildkröte mit einem Seufzer. »Ich hatte nur die normalen Fächer.«

»Und die waren?«, fragte Alice.

'Reeling and Writhing, of course, to begin with,' the Mock Turtle replied; 'and then the different branches of Arithmetic—Ambition, Distraction, Uglification, and Derision.'

'I never heard of "Uglification,"' Alice ventured to say. 'What is it?'

The Gryphon lifted up both its paws in surprise. 'Never heard of uglifying!' it exclaimed. 'You know what to beautify is, I suppose?'

'Yes,' said Alice doubtfully: 'it means—to—make—anything—prettier.'

'Well, then,' the Gryphon went on, 'if you don't know what to uglify is, you *are* a simpleton.'

Alice did not feel encouraged to ask any more questions about it: so she turned to the Mock Turtle, and said 'What else had you to learn?'

'Well, there was Mystery,' the Mock Turtle replied, counting off the subjects on his flappers,—'Mystery, ancient and modern, with Seaography: then Drawling—the Drawlingmaster was an old conger-eel, that used to come once a week: *he* taught us Drawling, Stretching, and Fainting in Coils.'

'What was *that* like?' said Alice.

'Well, I ca'n't show it you, myself,' the Mock Turtle said: 'I'm too stiff. And the Gryphon never learnt it.'

'Hadn't time,' said the Gryphon: 'I went to the Classical master, though. He was an old crab, *he* was.'

»Zunächst einmal Legen und Treiben, natürlich«, erwiderte die Falsche Schildkröte; »und dann die verschiedenen Rechenarten: Ambition, Substruktion, Mufflifikation und Dimension.«

»Von ›Mufflifikation‹ hab ich noch nie gehört«, traute sich Alice zu sagen. »Was ist denn das?«

Der Greif hob vor Erstaunen beide Vorderklauen. »Noch nie von mufflifizieren gehört!«, rief er aus. »Du weißt doch wohl, was ein Muffel ist, oder?«

»Ja«, sagte Alice unsicher, »das ist – wenn – einer – schlechte Laune hat.«

»Na also«, fuhr der Greif fort, »und wenn du jetzt noch immer nicht weißt, was mufflifizieren ist, dann bist du wirklich ein Einfaltspinsel.«

Alice fühlte sich nicht gerade ermutigt, noch weitere Fragen darüber zu stellen; sie wandte sich daher an die Falsche Schildkröte und sagte: »Was habt ihr denn sonst noch gelernt?«

»Nun, da gab es Gewichte«, erwiderte die Falsche Schildkröte, indem sie die einzelnen Fächer unter Zuhilfenahme ihrer Flossen aufzählte, »Gewichte, alte und neue, mit Seeografie; und dann Gunst – unser Gunstlehrer war ein alter Seeaal, der einmal die Woche kam, und bei *dem* lernten wir Prahlen, Schmeicheln und Aquarellfaselei.«

»Wie geht denn *das*?«, fragte Alice.

»Nun, ich selbst kann es dir nicht vormachen«, sagte die Falsche Schildkröte, »ich bin schon etwas eingerostet. Und der Greif hat es nie gelernt.«

»Keine Zeit«, sagte der Greif; »dafür ging ich zu diesem Lehrer für antike Sprachen. Der war ein alter Krebs, und *was* für einer.«

'I never went to him,' the Mock Turtle said with a sigh. 'He taught Laughing and Grief, they used to say.'

'So he did, so he did,' said the Gryphon, sighing in his turn; and both creatures hid their faces in their paws.

'And how many hours a day did you do lessons?' said Alice, in a hurry to change the subject.

'Ten hours the first day,' said the Mock Turtle: 'nine the next, and so on.'

'What a curious plan!' exclaimed Alice.

'That's the reason they're called lessons,' the Gryphon remarked: 'because they lessen from day to day.'

This was quite a new idea to Alice, and she thought it over a little before she made her next remark. 'Then the eleventh day must have been a holiday?'

'Of course it was,' said the Mock Turtle.

'And how did you manage on the twelfth?' Alice went on eagerly.

'That's enough about lessons,' the Gryphon interrupted in a very decided tone. 'Tell her something about the games now.'

»Bei dem war ich nie«, sagte die Falsche Schildkröte mit einem Seufzer. »Er gab Lachweinisch und Miefisch, hieß es immer.«

»Genau, genau so war's«, sagte der Greif und seufzte ebenfalls, und dann schlugen sich beide Geschöpfe die Vorderfüße vors Gesicht.

»Und wie viele Stunden Unterricht hattet ihr am Tag?«, fragte Alice, die schnell das Thema wechseln wollte.

»Zehn Stunden am ersten Tag«, sagte die Falsche Schildkröte, »neun am nächsten und so weiter.«

»Was für ein seltsamer Stundenplan!«, rief Alice aus.

»Das kommt durch die Lehrer«, bemerkte der Greif, »wie der Name sagt: Da wird der Stundenplan täglich leerer.«

Dieser Gedanke war Alice völlig neu, und sie ließ ihn sich ein wenig durch den Kopf gehen, bevor sie wieder etwas sagte. »Dann waren am elften Tag wohl Ferien?«

»Natürlich!«, sagte die Falsche Schildkröte.

»Und was habt ihr am zwölften Tag gemacht?«, fuhr Alice eifrig fort.

»Genug über den Unterricht«, unterbrach der Greif sehr entschieden. »Erzähl ihr jetzt was von den Spielen.«

CHAPTER X

The Lobster-Quadrille

The Mock Turtle sighed deeply, and drew the back of one flapper across his eyes. He looked at Alice and tried to speak, but, for a minute or two, sobs choked his voice. 'Same as if he had a bone in his throat,' said the Gryphon; and it set to work shaking him and punching him in the back. At last the Mock Turtle recovered his voice, and, with tears running down his cheeks, he went on again:–

'You may not have lived much under the sea–' ('I haven't,' said Alice)–'and perhaps you were never even introduced to a lobster–' (Alice began to say 'I once tasted—' but checked herself hastily, and said 'No, never') '—so you can have no idea what a delightful thing a Lobster-Quadrille is!'

'No, indeed,' said Alice. 'What sort of a dance is it?'

'Why,' said the Gryphon, 'you first form into a line along the sea-shore—'

'Two lines!' cried the Mock Turtle. 'Seals, turtles, salmon, and so on: then, when you've cleared all the jelly-fish out of the way—'

'*That* generally takes some time,' interrupted the Gryphon.

'–you advance twice—'

Zehntes Kapitel

Die Hummer-Quadrille

Die Falsche Schildkröte seufzte tief auf und wischte sich mit dem Rücken einer ihrer Flossen die Augen. Sie sah Alice an und versuchte zu sprechen, aber einige Minuten lang erstickten Schluchzer ihre Stimme. »Sieht fast so aus, als hätte sie eine Gräte im Hals«, sagte der Greif und machte sich daran, sie zu schütteln und ihr auf den Rücken zu schlagen. Endlich fand die Falsche Schildkröte ihre Stimme wieder, und während ihr die Tränen über die Wangen liefen, setzte sie ihre Erzählung fort:

»Du hast vielleicht noch nicht so viel Zeit auf dem Meeresgrund verbracht …« (»Nein, das nicht«, sagte Alice.) »… und hast vielleicht noch nie die Bekanntschaft eines Hummers gemacht …« (»Ich hab einmal einen geg…«, begann Alice, unterbrach sich dann aber rasch und sagte: »Nein, noch nie.«) »… und kannst dir also nicht vorstellen, wie reizend eine Hummer-Quadrille ist.«

»Nein, kann ich nicht«, sagte Alice. »Was ist das für ein Tanz?«

»Also«, sagte der Greif, »zuerst stellt man sich in einer Reihe am Strand auf …«

»In zwei Reihen!«, rief die Falsche Schildkröte. »Seehunde, Schildkröten, Lachse und so weiter, und dann, wenn sämtliche Quallen aus dem Weg geräumt sind …«

»Das dauert gewöhnlich einige Zeit«, warf der Greif ein.

»… macht man zwei Schritte vorwärts …«

'Each with a lobster as a partner!' cried the Gryphon.

'Of course,' the Mock Turtle said: 'advance twice, set to partners——'

'—change lobsters, and retire in same order,' continued the Gryphon.

'Then, you know,' the Mock Turtle went on, 'you throw the——'

'The lobsters!' shouted the Gryphon, with a bound into the air.

'—as far out to sea as you can——'

'Swim after them!' screamed the Gryphon.

'Turn a somersault in the sea!' cried the Mock Turtle, capering wildly about.

'Change lobsters again!' yelled the Gryphon at the top of its voice.

'Back to land again, and—that's all the first figure,' said the Mock Turtle, suddenly dropping his voice; and the two creatures, who had been jumping about like mad things all this time, sat down again very sadly and quietly, and looked at Alice.

'It must be a very pretty dance,' said Alice timidly.

'Would you like to see a little of it?' said the Mock Turtle.

'Very much indeed,' said Alice.

'Come, let's try the first figure!' said the Mock Turtle to the Gryphon. 'We can do it without lobsters, you know. Which shall sing?'

'Oh, *you* sing,' said the Gryphon. 'I've forgotten the words.'

»Jeder mit einem Hummer als Tanzpartner!«, rief der Greif.

»Natürlich«, sagte die Falsche Schildkröte; »zwei Schritte vor, man schnappt sich den Partner ...«

»... dann Hummer wechseln und wieder zurück in die Reihe«, setzte der Greif hinzu.

»Na ja, und dann«, fuhr die Falsche Schildkröte fort, »wirft man die ...«

»Die Hummer!«, schrie der Greif und vollführte einen Luftsprung.

»... so weit man kann ins Meer hinaus ...«

»Schwimmt ihnen nach!«, kreischte der Greif.

»Schlägt einen Purzelbaum im Meer!«, rief die Falsche Schildkröte und tollte wild umher.

»Wechselt wieder die Hummer!«, brüllte der Greif aus Leibeskräften.

»Danach zurück ans Ufer, und – das ist die erste Figur«, sagte die Falsche Schildkröte, die plötzlich ihre Stimme senkte; und die beiden Geschöpfe, die eben noch wie Verrückte herumgehüpft waren, setzten sich tieftraurig und still wieder hin und sahen Alice an.

»Das muss ein sehr hübscher Tanz sein«, sagte Alice zaghaft.

»Möchtest du eine kleine Kostprobe davon sehen?«, fragte die Falsche Schildkröte.

»O ja, sehr gern«, sagte Alice.

»Komm, lass uns die erste Figur versuchen!«, sagte die Falsche Schildkröte zum Greif. »Die funktioniert nämlich auch ohne Hummer, weißt du. Wer singt?«

»Ach, sing *du*!«, sagte der Greif. »Ich hab den Text vergessen.«

So they began solemnly dancing round and round Alice, every now and then treading on her toes when they passed too close, and waving their fore-paws to mark the time, while the Mock Turtle sang this, very slowly and sadly:–

'Will you walk a little faster?' said a whiting to a snail,

'There's a porpoise close behind us, and he's treading on
my tail.
See how eagerly the lobsters and the turtles all advance!

They are waiting on the shingle–will you come and join
the dance?
Will you, wo'n't you, will you, wo'n't you, will you join the
dance?
Will you, wo'n't you, will you, wo'n't you, wo'n't you join
the dance?

'You can really have no notion how delightful it will be

When they take us up and throw us, with the lobsters,
out to sea!'
But the snail replied 'Too far, too far!', and gave a look
askance–
Said he thanked the whiting kindly, but he would not
join the dance.
Would not, could not, would not, could not, would not
join the dance.
Would not, could not, would not, could not, could not
join the dance.

So fingen sie denn an, feierlich um Alice herumzutanzen, wobei sie ihr hin und wieder, wenn sie ihr zu nahe kamen, auf die Zehen traten und mit den Vorderfüßen den Takt schlugen, während die Falsche Schildkröte sehr langsam und wehmütig Folgendes sang:

»Zu der Schnecke sprach ein Weißling: ›Kannst du denn nicht schneller gehn?
Sieh, wie eifrig Schildkröt', Hummer, alle schon versammelt stehn.
Hinter uns, da kommt ein Zeck, und er zwickt mich in den Schwanz;
Und sie warten dort am Strand schon, dass wir kommen zu dem Tanz.
Willst du, willst nicht, willst du, willst nicht, willst du kommen zu dem Tanz?
Willst du, willst nicht, willst du, willst nicht, willst nicht kommen zu dem Tanz?

Du kannst wirklich nicht ermessen, wie ganz herrlich es wird sein,
Nehmen sie uns mit den Hummern, werfen uns ins Meer hinein!‹
Nur die Schnecke hat Bedenken. ›Das gefällt mir doch nicht ganz!
Viel zu weit, zu weit! Ich danke – doch ich will nicht mit zum Tanz!
Will nicht, kann nicht, will nicht, kann nicht, will nicht kommen zu dem Tanz!
Will nicht, kann nicht, will nicht, kann nicht, kann nicht kommen zu dem Tanz!‹

'What matters it how far we go?' his scaly friend replied.

'There is another shore, you know, upon the other side.
The further off from England the nearer is to France—
Then turn not pale, beloved snail, but come and join the dance.
Will you, wo'n't you, will you, wo'n't you, will you join the dance?
Will you, wo'n't you, will you, wo'n't you, wo'n't you join the dance?'

'Thank you, it's a very interesting dance to watch,' said Alice, feeling very glad that it was over at last: 'and I do so like that curious song about the whiting!'

'Oh, as to the whiting,' said the Mock Turtle, 'they—you've seen them, of course?'

'Yes,' said Alice, 'I've often seen them at dinn—' she checked herself hastily.

'I don't know where Dinn may be,' said the Mock Turtle; 'but, if you've seen them so often, of course you know what they're like?'

'I believe so,' Alice replied thoughtfully. 'They have their tails in their mouths—and they're all over crumbs.'

'You're wrong about the crumbs,' said the Mock Turtle: 'crumbs would all wash off in the sea. But they *have* their tails in their mouths; and the reason is—' here the Mock Turtle yawned and shut his eyes. 'Tell her about the reason and all that,' he said to the Gryphon.

Doch der Weißling hält dagegen: ›Kommt ja nicht drauf an, wie weit!
Ist doch wohl ein andres Ufer, drüben auf der andern Seit'!
Und noch viele schöne Küsten gibt es außer diesem Strand;
Nur nicht ängstlich, liebe Schnecke, komm geschwind mit mir zum Tanz!
Willst du, willst nicht, willst du, willst nicht, willst du kommen zu dem Tanz?
Willst du, willst nicht, willst du, willst nicht, willst nicht kommen zu dem Tanz?‹«

»Vielen Dank, das ist ein sehr interessanter Tanz zum Zuschauen«, sagte Alice, froh, dass er endlich vorüber war; »und dieses merkwürdige Lied über den Weißling gefällt mir wirklich!«

»Oh, was die Weißlinge angeht«, sagte die Falsche Schildkröte, »die – du hast doch schon welche gesehen, oder?«

»Ja«, sagte Alice, »gesehen habe ich sie schon oft beim Mitt...« Schnell hielt sie inne.

»Ich weiß zwar nicht, wo der Mitt ist«, sagte die Falsche Schildkröte, »aber wenn du sie so oft gesehen hast, weißt du natürlich, wie sie aussehen?«

»Ich glaube schon«, sagte Alice nachdenklich, »sie haben den Schwanz im Maul – und sind ganz mit Bröseln bedeckt.«

»Was die Brösel betrifft, so irrst du dich«, sagte die Falsche Schildkröte; »die würden im Meer ja schnell weggespült werden. Aber den Schwanz haben sie *tatsächlich* im Maul, und der Grund dafür ist ...« Hier gähnte die Falsche Schildkröte und schloss die Augen. »Erklär du ihr den Grund und was sonst noch«, sagte sie zum Greif.

'The reason is,' said the Gryphon, 'that they *would* go with the lobsters to the dance. So they got thrown out to sea. So they had to fall a long way. So they got their tails fast in their mouths. So they couldn't get them out again. That's all.'

'Thank you,' said Alice, 'it's very interesting. I never knew so much about a whiting before.'

'I can tell you more than that, if you like,' said the Gryphon. 'Do you know why it's called a whiting?'

'I never thought about it,' said Alice. 'Why?'

'It does the boots and shoes,' the Gryphon replied very solemnly.

Alice was thoroughly puzzled. 'Does the boots and shoes!' she repeated in a wondering tone.

'Why, what are *your* shoes done with?' said the Gryphon. 'I mean, what makes them so shiny?'

Alice looked down at them, and considered a little before she gave her answer. 'They're done with blacking, I believe.'

'Boots and shoes under the sea,' the Gryphon went on in a deep voice, 'are done with whiting. Now you know.'

'And what are they made of?' Alice asked in a tone of great curiosity.

'Soles and eels, of course,' the Gryphon replied, rather impatiently: 'any shrimp could have told you that.'

»Der Grund ist«, sagte der Greif, »sie *wollten* unbedingt mit den Hummern zum Tanz gehen. So wurden sie also ins Meer geworfen. Und so waren sie eine ganze Zeitlang in der Luft. Und so klemmten sie sich ihre Schwänze fest in die Mäuler. Und so konnten sie sie nicht wieder herausbekommen. Das ist alles.«

»Danke«, sagte Alice, »das ist sehr interessant. Über den Weißling habe ich bisher nicht so viel gewusst.«

»Ich kann dir noch mehr über ihn erzählen, wenn du willst«, sagte der Greif. »Weißt du eigentlich, warum er Weißling heißt?«

»Darüber habe ich noch nicht nachgedacht«, sagte Alice. »Warum?«

»Er putzt die Stiefel und Schuhe«, sagte der Greif sehr feierlich.

Alice war völlig verdutzt. »Putzt die Stiefel und Schuhe!«, wiederholte sie verwundert.

»Na, womit werden denn *deine* Schuhe geputzt?«, fragte der Greif. »Ich meine, was macht sie so glänzend?«

Alice sah auf ihre Schuhe hinunter und überlegte eine Weile, bevor sie darauf antwortete. »Sie werden mit schwarzer Schuhcreme geputzt, glaube ich.«

»Stiefel und Schuhe dort unten im Meer«, fuhr der Greif mit tiefer Stimme fort, »werden mit weißer Schuhcreme geputzt. Jetzt weißt du's.«

»Und woraus bestehen sie?«, fragte Alice voller Neugier.

»Aus Aalen und Seezungen natürlich«, erwiderte der Greif ziemlich ungeduldig, »das hätte dir jede Krabbe erzählen können.«

'If I'd been the whiting,' said Alice, whose thoughts were still running on the song, 'I'd have said to the porpoise "Keep back, please! We don't want *you* with us!"'

'They were obliged to have him with them,' the Mock Turtle said. 'No wise fish would go anywhere without a porpoise.'

'Wouldn't it, really?' said Alice, in a tone of great surprise.

'Of course not,' said the Mock Turtle. 'Why, if a fish came to *me*, and told me he was going a journey, I should say "With what porpoise?"'

'Don't you mean "purpose"?' said Alice.

'I mean what I say,' the Mock Turtle replied, in an offended tone. And the Gryphon added 'Come, let's hear some of *your* adventures.'

'I could tell you my adventures–beginning from this morning,' said Alice a little timidly; 'but it's no use going back to yesterday, because I was a different person then.'

'Explain all that,' said the Mock Turtle.

'No, no! The adventures first,' said the Gryphon in an impatient tone: 'explanations take such a dreadful time.'

So Alice began telling them her adventures from the time when she first saw the White Rabbit. She was a little nervous about it, just at first, the two creatures got so close to her, one on each side, and opened their eyes and mouths so *very* wide; but she gained courage as she went on. Her listeners

»Wenn ich der Weißling gewesen wäre«, sagte Alice, deren Gedanken noch immer bei dem Lied waren, »hätte ich zu dem Zeck gesagt: ›Bleib bitte, wo du bist! Wir wollen *dich* nicht bei uns haben!‹«

»Sie waren verpflichtet, ihn mitzunehmen«, sagte die Falsche Schildkröte. »Kein kluger Fisch würde irgendwohin gehen ohne einen Zeck.«

»Wirklich nicht?«, fragte Alice höchst überrascht.

»Natürlich nicht«, sagte die Falsche Schildkröte. »Wenn nämlich ein Fisch zu *mir* käme und mir erzählte, er wolle eine Reise machen, dann würde ich sagen: ›Mit welchem Zeck?‹«

»Meinst Du nicht vielleicht ›Zweck‹?«, fragte Alice.

»Ich meine, was ich sage«, erwiderte die Falsche Schildkröte beleidigt. Und der Greif fügte hinzu: »Komm, lass uns ein paar von *deinen* Abenteuern hören.«

»Ich könnte euch meine Abenteuer seit heute morgen erzählen«, sagte Alice ein bisschen schüchtern, »aber weiter zurückzugehen und von gestern zu reden, das wäre unnütz, weil ich da eine andere Person war.«

»Das erklär uns mal«, sagte die Falsche Schildkröte.

»Nein, nein! Zuerst die Abenteuer«, sagte der Greif ungeduldig; »Erklärungen kosten so schrecklich viel Zeit.«

Und so begann Alice ihnen ihre Abenteuer von dem Zeitpunkt an zu schildern, als sie das Weiße Kaninchen zum ersten Mal gesehen hatte. Anfangs war sie etwas nervös, weil ihr die beiden Geschöpfe von jeder Seite so dicht auf den Leib rückten und Augen und Mäuler so *überaus* weit aufsperrten; aber während sie erzählte, wurde sie im-

were perfectly quiet till she got to the part about her repeating *'You are old, Father William,'* to the Caterpillar, and the words all coming different, and then the Mock Turtle drew a long breath, and said 'That's very curious!'

'It's all about as curious as it can be,' said the Gryphon.

'It all came different!' the Mock Turtle repeated thoughtfully. 'I should like to hear her try and repeat something now. Tell her to begin.' He looked at the Gryphon as if he thought it had some kind of authority over Alice.

'Stand up and repeat *"'Tis the voice of the sluggard,"*' said the Gryphon.

'How the creatures order one about, and make one repeat lessons!' thought Alice. 'I might just as well be at school at once.' However, she got up, and began to repeat it, but her head was so full of the Lobster-Quadrille, that she hardly knew what she was saying; and the words came very queer indeed:–

"Tis the voice of the Lobster: I heard him declare
"You have baked me too brown, I must sugar my hair."
As a duck with its eyelids, so he with his nose
Trims his belt and his buttons, and turns out his toes.
When the sands are all dry, he is gay as a lark,
And will talk in contemptuous tones of the Shark:
But, when the tide rises and sharks are around,
His voice has a timid and tremulous sound.'

mer mutiger. Ihre Zuhörer waren mucksmäuschenstill, bis sie zu der Stelle kam, wo sie der Raupe ›Ihr seid alt, Vater Martin‹ aufgesagt hatte und die Wörter alle anders herausgekommen waren; da nämlich holte die Falsche Schildkröte tief Luft und sagte: »Das ist sehr merkwürdig!«

»Das ist alles so merkwürdig, merkwürdiger geht's nicht«, sagte der Greif.

»Alle anders herausgekommen!«, wiederholte die Falsche Schildkröte nachdenklich. »Ich würde gern hören, dass sie jetzt etwas aufsagt. Sag ihr, dass sie anfangen soll.« Dabei sah sie den Greif an, als glaubte sie, er sei für Alice eine Art Autorität.

»Steh auf und trag uns das Gedicht *Preisend mit viel schönen Reden* vor«, befahl der Greif.

»Wie einen diese Wesen hier herumkommandieren und Gedichte aufsagen lassen!«, dachte Alice. »Da könnte ich ja genauso gut gleich in der Schule sitzen.« Trotzdem stand sie auf und begann mit dem Aufsagen, aber ihr Kopf war noch so voll von der Hummer-Quadrille, dass sie nicht recht wusste, was sie sagte; und die Worte kamen in der Tat völlig verdreht heraus:

»Preisend mit viel schönen Kniffen
Seiner Scheren Wert und Zahl,
Stand der Hummer vor dem Spiegel
In der schönen roten Schal'!
›Herrlich‹, sprach der Fürst der Krebse,
›Steht mir dieser lange Bart!‹
Rückt die Zehen mit der Nase
Auswärts, als er dieses sagt.«

'That's different from what *I* used to say when I was a child,' said the Gryphon.

'Well, *I* never heard it before,' said the Mock Turtle; 'but it sounds uncommon nonsense.'

Alice said nothing: she had sat down with her face in her hands, wondering if anything would *ever* happen in a natural way again.

'I should like to have it explained,' said the Mock Turtle.

'She ca'n't explain it,' said the Gryphon hastily. 'Go on with the next verse.'

'But about his toes?' the Mock Turtle persisted. 'How *could* he turn them out with his nose, you know?'

'It's the first position in dancing,' Alice said; but she was dreadfully puzzled by the whole thing, and longed to change the subject.

'Go on with the next verse,' the Gryphon repeated: 'it begins *"I passed by his garden."*'

Alice did not dare to disobey, though she felt sure it would all come wrong, and she went on in a trembling voice:–

'I passed by his garden, and marked, with one eye,
How the Owl and the Panther were sharing a pie:
The Panther took pie-crust, and gravy, and meat,
While the Owl had the dish as its share of the treat.
When the pie was all finished, the Owl, as a boon,
Was kindly permitted to pocket the spoon:
While the Panther received knife and fork with a growl,
And concluded the banquet by—'

»Das hört sich anders an als das, was *ich* als Kind immer aufgesagt habe«, bemerkte der Greif.

»Nun, *ich* hab es zwar noch nie gehört«, sagte die Falsche Schildkröte, »aber es klingt wie völliger Unsinn.«

Alice sagte nichts; sie hatte sich hingesetzt, das Gesicht in den Händen vergraben und fragte sich, ob wohl *jemals* wieder irgendetwas normal werden würde.

»Ich möchte das gern erklärt haben«, sagte die Falsche Schildkröte.

»Sie kann's nicht erklären«, warf der Greif schnell ein. »Sag die nächste Strophe auf.«

»Aber das mit den Zehen?«, beharrte die Falsche Schildkröte. »Wie *konnte* er sie mit der Nase auswärtsrücken?«

»Das ist die erste Figur beim Tanzen«, sagte Alice; aber sie war von dem ganzen Getue entsetzlich durcheinander und wollte eigentlich gern das Thema wechseln.

»Sag die nächste Strophe auf«, wiederholte der Greif. »Sie fängt an mit *Seht mein Land*.«

Alice wagte es nicht, sich zu weigern, obwohl sie davon überzeugt war, dass alles falsch herauskommen würde, und fuhr mit zittriger Stimme fort:

»›Seht mein Land und grüne Fluten‹,
Sprach ein fetter Lachs vom Rhein;
›Goldne Schuppen meine Rüstung,
Und mit Austern trink ich Wein.‹
›Bunte Riffe, reiche Beute‹,
Sprach der Hai nicht wenig keck,
›Viele Fische, zart und schmackhaft,
Dazu brauche ich Be…‹«

'What *is* the use of repeating all that stuff?' the Mock Turtle interrupted, 'if you don't explain it as you go on? It's by far the most confusing thing *I* ever heard!'

'Yes, I think you'd better leave off,' said the Gryphon, and Alice was only too glad to do so.

'Shall we try another figure of the Lobster-Quadrille?' the Gryphon went on. 'Or would you like the Mock Turtle to sing you another song?'

'Oh, a song, please, if the Mock Turtle would be so kind,' Alice replied, so eagerly that the Gryphon said, in a rather offended tone, 'Hm! No accounting for tastes! Sing her *"Turtle Soup,"* will you, old fellow?'

The Mock Turtle sighed deeply, and began, in a voice choked with sobs, to sing this:–

'Beautiful Soup, so rich and green,
Waiting in a hot tureen!
Who for such dainties would not stoop?
Soup of the evening, beautiful Soup!
Soup of the evening, beautiful Soup!
Beau–ootiful Soo–oop!
Beau–ootiful Soo–oop!
Soo–oop of the e–e–evening,
Beautiful, beautiful Soup!

'Beautiful Soup! Who cares for fish,
Game, or any other dish?
Who would not give all else for two p
ennyworth only of beautiful Soup?

»*Wozu* denn all das Zeug aufsagen«, fiel die Falsche Schildkröte ihr ins Wort, »wenn du es nicht gleichzeitig auch erklärst? So etwas Wirres habe *ich* jedenfalls noch nie gehört!«

»Ja, ich glaube, du lässt es besser bleiben«, sagte der Greif, und das tat Alice nur allzu gern.

»Sollen wir noch eine Figur der Hummer-Quadrille probieren?«, fuhr der Greif fort. »Oder möchtest du, dass die Falsche Schildkröte dir noch ein Lied vorsingt?«

»O ja, ein Lied, bitte, wenn die Falsche Schildkröte so nett wäre«, antwortete Alice mit solchem Eifer, dass der Greif etwas beleidigt sagte: »Hm! Tja, die Geschmäcker sind verschieden! Sing ihr doch die *Schildkrötensuppe* vor, hörst du, alte Schachtel?«

Die Falsche Schildkröte seufzte tief auf und begann mit von Schluchzern halb erstickter Stimme zu singen:

»Schönste Suppe, schwer und grün,
Dampfend in der heißen Terrin'!
Wem würd' dabei der Mund nicht flupp?
Kön'gin der Suppen, du schönste Supp'!
Kön'gin der Suppen, du schönste Supp'!
Wu–underschöne Su–upp'!
Wu–underschöne Su–upp'!
Kö–önigin der Su–uppen,
Wunder-wunderschöne Supp'!

Schönste Suppe, wer fragt schon nach Fisch,
Wildschwein und anderem Fleisch auf dem Tisch?
Alles lassen wir stehn für zwu p
Messen allein die herrliche Supp',

Pennyworth only of beautiful soup?
Beau–ootiful Soo–oop!
Beau–ootiful Soo–oop!
Soo–oop of the e–e–evening,
Beautiful, beauti–FUL SOUP!'

'Chorus again!' cried the Gryphon, and the Mock Turtle had just begun to repeat it, when a cry of 'The trial's beginning!' was heard in the distance.

'Come on!' cried the Gryphon, and, taking Alice by the hand, it hurried off, without waiting for the end of the song.

'What trial is it?' Alice panted as she ran; but the Gryphon only answered 'Come on!' and ran the faster, while more and more faintly came, carried on the breeze that followed them, the melancholy words:–

'Soo–oop of the e–e–evening,
Beautiful, beautiful Soup!'

Essen allein die herrliche Supp'!
Wu–underschöne Su–upp'!
Wu–underschöne Su–upp'!
Kö–önigin der Su–uppen,
Wunder-wunder–SCHÖNE SUPP'!«

»Noch mal den Refrain!«, rief der Greif, und die Falsche Schildkröte war gerade dabei, ihn zu wiederholen, als man in der Ferne rufen hörte: »Der Prozess beginnt!«

»Komm schon!«, kreischte der Greif, nahm Alice bei der Hand und eilte davon, ohne das Ende vom Lied abzuwarten.

»Was für ein Prozess?«, keuchte Alice im Laufen; aber der Greif antwortete nur: »Komm schon!«, und rannte noch schneller, während ihnen der Wind die immer schwächer werdenden schwermütigen Worte nachtrug:

»Kö–önigin der Su–uppen,
Wunder-wunderschöne Supp'!«

Chapter XI

Who Stole the Tarts?

The King and Queen of Hearts were seated on their throne when they arrived, with a great crowd assembled about them–all sorts of little birds and beasts, as well as the whole pack of cards: the Knave was standing before them, in chains, with a soldier on each side to guard him; and near the King was the White Rabbit, with a trumpet in one hand, and a scroll of parchment in the other. In the very middle of the court was a table, with a large dish of tarts upon it: they looked so good, that it made Alice quite hungry to look at them–'I wish they'd get the trial done,' she thought, 'and hand round the refreshments!' But there seemed to be no chance of this; so she began looking at everything about her to pass away the time.

Alice had never been in a court of justice before, but she had read about them in books, and she was quite pleased to find that she knew the name of nearly everything there. 'That's the judge,' she said to herself, 'because of his great wig.'

The judge, by the way, was the King; and, as he wore his crown over the wig, he did not look at all comfortable, and it was certainly not becoming.

'And that's the jury-box,' thought Alice; 'and those twelve creatures,' (she was obliged to say

Elftes Kapitel

Wer hat die Törtchen gestohlen?

Als die beiden ankamen, saßen der Herzkönig und die Herzkönigin auf ihrem Thron, und um sie herum war eine große Menge versammelt – allerlei kleine Vögel und andere Tiere, außerdem das gesamte Kartenspiel: Der Herzbube stand vor ihnen, in Ketten gelegt und rechts und links von je einem Soldaten bewacht; nahe beim König hatte sich das Weiße Kaninchen postiert, mit einer Trompete in der einen Hand und einer Pergamentrolle in der anderen. Genau in der Mitte des Gerichtssaals befand sich ein Tisch mit einem großen Teller voll kleiner Törtchen: Sie sahen so appetitlich aus, dass Alice schon vom bloßen Hinsehen Hunger bekam. »Hoffentlich sind sie bald fertig mit dem Prozess«, dachte sie, »und reichen die Erfrischungen herum.« Aber darauf schien keine Aussicht zu bestehen, sodass sie, um sich die Zeit zu vertreiben, alles genau in Augenschein nahm.

Alice war noch nie in einem Gerichtssaal gewesen, hatte aber schon in Büchern davon gelesen und hielt sich einiges darauf zugute, dass sie für fast alles, was sie dort sah, den richtigen Namen wusste. »Das ist der Richter«, sagte sie sich, »wegen seiner großen Perücke.«

Der Richter war übrigens der König; und da er seine Krone über der Perücke trug, sah er gar nicht aus, als fühlte er sich wohl, und kleidsam war der Kopfputz zweifellos auch nicht.

»Das dort ist die Schöffenbank«, dachte Alice »und diese zwölf Wesen« (sie konnte, müsst Ihr wissen, gar nichts an-

'creatures,' you see, because some of them were animals, and some were birds,) 'I suppose they are the jurors.' She said this last word two or three times over to herself, being rather proud of it: for she thought, and rightly too, that very few little girls of her age knew the meaning of it at all. However, 'jurymen' would have done just as well.

The twelve jurors were all writing very busily on slates. 'What are they doing?' Alice whispered to the Gryphon. 'They ca'n't have anything to put down yet, before the trial's begun.'

'They're putting down their names,' the Gryphon whispered in reply, 'for fear they should forget them before the end of the trial.'

'Stupid things!' Alice began in a loud indignant voice; but she stopped herself hastily, for the White Rabbit cried out 'Silence in the court!', and the King put on his spectacles and looked anxiously round, to make out who was talking.

Alice could see, as well as if she were looking over their shoulders, that all the jurors were writing down 'Stupid things!' on their slates, and she could even make out that one of them didn't know how to spell 'stupid,' and that he had to ask his neighbour to tell him. 'A nice muddle their slates'll be in, before the trial's over!' thought Alice.

One of the jurors had a pencil that squeaked. This, of course, Alice could *not* stand, and she went round the court and got behind him, and very soon found an opportunity of taking it away. She did it so quickly that the poor little juror (it was Bill, the

deres als »Wesen« zu ihnen sagen, weil es teils Vierbeiner, teils Vögel waren) »sind vermutlich die Schöffen.« Dieses letzte Wort sagte sie mehrmals vor sich hin, da sie ziemlich stolz darauf war; denn sie nahm an, und das auch mit Recht, dass nur ganz wenige kleine Mädchen ihres Alters überhaupt wussten, was man darunter versteht. Allerdings hätte das Wort »Geschworene« auch gepasst.

Die zwölf Schöffen schrieben alle ganz eifrig auf Schiefertafeln herum. »Was machen die denn da?«, wisperte Alice dem Greif ins Ohr. »Es gibt doch noch gar nichts aufzuschreiben, bevor der Prozess begonnen hat.«

»Sie schreiben ihre Namen auf«, flüsterte der Greif zurück, »damit sie sie bloß nicht vergessen, bis der Prozess zu Ende ist.«

»Dummköpfe!«, begann Alice mit lauter, empörter Stimme; aber dann hielt sie rasch inne, denn das Weiße Kaninchen rief sofort: »Ruhe im Saal!«, und der König setzte seine Brille auf und blickte forschend in die Runde, um festzustellen, wer da gesprochen hatte.

Alice sah so deutlich, als würde sie ihnen über die Schultern linsen, dass nun sämtliche Schöffen »Dummköpfe!« auf ihre Tafeln schrieben, und sie konnte sogar erkennen, dass einer von ihnen nicht wusste, wie »dumm« geschrieben wird, und seinen Nachbarn fragen musste. »Das wird ja ein schönes Durcheinander sein auf ihren Tafeln, wenn der Prozess zu Ende ist!«, dachte Alice.

Einer der Schöffen hatte einen quietschenden Griffel. Das konnte Alice natürlich *keinesfalls* ertragen, und so ging sie um den Saal herum, stellte sich hinter ihn und fand schon bald eine Gelegenheit, ihm den Griffel wegzunehmen. Dabei war sie so schnell, dass der arme kleine Schöffe

Lizard) could not make out at all what had become of it; so, after hunting all about for it, he was obliged to write with one finger for the rest of the day; and this was of very little use, as it left no mark on the slate.

'Herald, read the accusation!' said the King.

On this the White Rabbit blew three blasts on the trumpet, and then unrolled the parchment-scroll, and read as follows:–

'The Queen of Hearts, she made some tarts,
All on a summer day:
The Knave of Hearts, he stole those tarts
And took them quite away!'

'Consider your verdict,' the King said to the jury.

'Not yet, not yet!' the Rabbit hastily interrupted. 'There's a great deal to come before that!'

'Call the first witness,' said the King; and the White Rabbit blew three blasts on the trumpet, and called out 'First witness!'

The first witness was the Hatter. He came in with a teacup in one hand and a piece of bread-and-butter in the other. 'I beg pardon, your Majesty,' he began, 'for bringing these in; but I hadn't quite finished my tea when I was sent for.'

'You ought to have finished,' said the King. 'When did you begin?'

The Hatter looked at the March Hare, who had followed him into the court, arm-in-arm with the Dormouse. 'Fourteenth of March, I *think* it was,' he said.

(es war Bill, die Eidechse) überhaupt nicht begreifen konnte, wo sein Griffel abgeblieben war; und nachdem er ihn überall vergeblich gesucht hatte, musste er für den Rest des Tages mit einem Finger schreiben, was ziemlich nutzlos war, da er keine Spuren auf der Tafel hinterließ.

»Herold, verlies die Anklage!«, sagte der König.

Daraufhin blies das Weiße Kaninchen dreimal in die Trompete, öffnete dann die Pergamentrolle und las wie folgt:

»Herzkönigin sacht hat Törtchen gemacht,
Wie war das nett und lieb;
Herzbube dann kam, die Törtchen er nahm
Und trug sie fort – der Dieb!«

»So gebt euer Urteil ab!«, sagte der König zu den Schöffen.

»Noch nicht, noch nicht!«, unterbrach ihn das Kaninchen hastig. »Davor kommen noch allerlei andere Dinge.«

»Ruft den ersten Zeugen«, sagte der König, worauf das Kaninchen dreimal in die Trompete blies und rief: »Erster Zeuge!«

Der erste Zeuge war der Hutmacher. Mit einer Teetasse in der einen Hand und einem Butterbrot in der anderen kam er herein. »Ich bitte um Verzeihung, Euer Majestät«, begann er, »dass ich das hier mitbringe; aber ich war mit meinem Tee noch nicht ganz fertig, als ich vorgeladen wurde.«

»Du hättest längst damit fertig sein sollen«, sagte der König. »Wann hast du denn damit angefangen?«

Der Hutmacher sah den Märzhasen an, der ihm in den Gerichtssaal gefolgt war, Arm in Arm mit der Schlafmaus. »Am vierzehnten März, *glaube* ich zumindest«, sagte er.

'Fifteenth,' said the March Hare.

'Sixteenth,' said the Dormouse.

'Write that down,' the King said to the jury; and the jury eagerly wrote down all three dates on their slates, and then added them up, and reduced the answer to shillings and pence.

'Take off your hat,' the King said to the Hatter.

'It isn't mine,' said the Hatter.

'Stolen!' the King exclaimed, turning to the jury, who instantly made a memorandum of the fact.

'I keep them to sell,' the Hatter added as an explanation. 'I've none of my own. I'm a hatter.'

Here the Queen put on her spectacles, and began staring hard at the Hatter, who turned pale and fidgeted.

'Give your evidence,' said the King; 'and don't be nervous, or I'll have you executed on the spot.'

This did not seem to encourage the witness at all: he kept shifting from one foot to the other, looking uneasily at the Queen, and in his confusion he bit a large piece out of his teacup instead of the bread-and-butter.

Just at this moment Alice felt a very curious sensation, which puzzled her a good deal until she made out what it was: she was beginning to grow larger again, and she thought at first she would get up and leave the court; but on second thoughts she decided to remain where she was as long as there was room for her.

»Am fünfzehnten«, sagte der Märzhase.

»Am sechzehnten«, sagte die Schlafmaus.

»Schreibt das auf«, sagte der König zu den Schöffen; und die Schöffen schrieben emsig alle drei Daten auf ihre Tafeln, addierten sie dann und rechneten das Ergebnis um in Heller und Pfennig.

»Nimm deinen Hut ab«, sagte der König zum Hutmacher.

»Das ist nicht meiner«, sagte der Hutmacher.

»Gestohlen!«, rief der König zu den Schöffen gewandt, die den Sachverhalt sogleich vermerkten.

»Ich habe Hüte, um sie zu verkaufen«, fügte der Hutmacher als Erklärung hinzu. »Ich besitze keinen eigenen. Ich bin Hutmacher.«

Da setzte die Königin ihre Brille auf und fing an, den Hutmacher anzustarren, der dabei ganz blass und unruhig wurde.

»Mach deine Aussage«, sagte der König; »und sei nicht so zappelig, sonst lasse ich dich auf der Stelle hinrichten.«

Dies schien den Zeugen keineswegs zu ermutigen; während er beunruhigt zur Königin hinübersah, trat er ständig von einem Fuß auf den anderen, und in seiner Verwirrung biss er ein Stück von der Teetasse ab anstatt von seinem Butterbrot.

Just in diesem Augenblick überkam Alice ein sehr merkwürdiges Gefühl, das sie ziemlich durcheinanderbrachte, bis sie endlich herausfand, was es war: Sie fing wieder an zu wachsen, und zuerst wollte sie aufstehen und den Gerichtssaal verlassen; aber nach weiterer Überlegung beschloss sie, sich nicht von der Stelle zu rühren, solange noch genug Platz für sie war.

'I wish you wouldn't squeeze so,' said the Dormouse, who was sitting next to her. 'I can hardly breathe.'

'I ca'n't help it,' said Alice very meekly: 'I'm growing.'

'You've no right to grow *here*,' said the Dormouse.

'Don't talk nonsense,' said Alice more boldly: 'you know you're growing too.'

'Yes, but *I* grow at a reasonable pace,' said the Dormouse: 'not in that ridiculous fashion.' And he got up very sulkily and crossed over to the other side of the court.

All this time the Queen had never left off staring at the Hatter, and, just as the Dormouse crossed the court, she said, to one of the officers of the court, 'Bring me the list of the singers in the last concert!' on which the wretched Hatter trembled so, that he shook off both his shoes.

'Give your evidence,' the King repeated angrily, 'or I'll have you executed, whether you're nervous or not.'

'I'm a poor man, your Majesty,' the Hatter began, in a trembling voice, 'and I hadn't begun my tea–not above a week or so–and what with the bread-and-butter getting so thin–and the twinkling of the tea—'

'The twinkling *of what?*' said the King.

'It *began* with the tea,' the Hatter replied.

'Of course twinkling *begins* with a T!' said the King sharply. 'Do you take me for a dunce? Go on!'

»Wenn du dich nur nicht so breitmachen würdest«, sagte die Schlafmaus, die neben ihr saß. »Ich kann ja kaum atmen.«

»Ich kann nichts dafür«, sagte Alice sehr sanft; »ich wachse.«

»*Hier* wird nicht gewachsen«, sagte die Schlafmaus.

»Red keinen Unsinn«, sagte Alice etwas forscher; »du weißt ganz genau, dass du auch wächst.«

»Ja, aber *ich* wachse in einem vernünftigen Tempo«, sagte die Schlafmaus, »nicht auf so lächerliche Weise.« Und damit stand sie tief beleidigt auf und lief zur anderen Seite des Saals hinüber.

Die ganze Zeit hatte die Königin den Hutmacher nicht aus den Augen gelassen, und gerade als die Schlafmaus den Saal durchquerte, sagte sie zu einem der Gerichtsdiener: »Bring mir die Liste der Sänger vom letzten Konzert!«, was den verstörten Hutmacher derart zum Zittern brachte, dass er sich beide Schuhe von den Füßen schüttelte.

»Mach deine Aussage«, wiederholte der König wütend, »sonst lasse ich dich hinrichten, ob du nun zappelig bist oder nicht.«

»Ich bin ein armer Mann, Euer Majestät«, begann der Hutmacher mit bebender Stimme, »und ich hatte noch nicht mit meinem Tee angefangen – höchstens eine Woche ist's her – und dann wurden die Butterbrote ja auch so dünn – und das Tuscheln des Tees ...«

»Das Tuscheln des *was*?«, fragte der König.

»Es *begann* mit dem Tee«, erwiderte der Hutmacher.

»Natürlich *beginnt* Tuscheln mit T!«, sagte der König schroff. »Willst du mich für dumm verkaufen? Weiter jetzt!«

'I'm a poor man,' the Hatter went on, 'and most things twinkled after that–only the March Hare said—'

'I didn't!' the March Hare interrupted in a great hurry.

'You did!' said the Hatter.

'I deny it!' said the March Hare.

'He denies it,' said the King: 'leave out that part.'

'Well, at any rate, the Dormouse said—' the Hatter went on, looking anxiously round to see if he would deny it too; but the Dormouse denied nothing, being fast asleep.

'After that,' continued the Hatter, 'I cut some more bread-and-butter—'

'But what did the Dormouse say?' one of the jury asked.

'That I ca'n't remember,' said the Hatter.

'You *must* remember,' remarked the King, 'or I'll have you executed.'

The miserable Hatter dropped his teacup and bread-and-butter, and went down on one knee. 'I'm a poor man, your Majesty,' he began.

'You're a *very* poor *speaker*,' said the King.

Here one of the guinea-pigs cheered, and was immediately suppressed by the officers of the court. (As that is rather a hard word, I will just explain to you how it was done. They had a large canvas bag, which tied up at the mouth with strings: into this they slipped the guinea-pig, head first, and then sat upon it.)

»Ich bin ein armer Mann«, fuhr der Hutmacher fort, »und seitdem tuschelt fast alles – nur der Märzhase sagte …«

»Stimmt nicht!«, fiel ihm der Märzhase hastig ins Wort.

»Stimmt wohl!«, rief der Hutmacher.

»Das streite ich ab!«, sagte der Märzhase.

»Er streitet es ab!«, sagte der König. »Lass diesen Teil einfach weg.«

»Na ja, jedenfalls sagte die Schlafmaus …«, setzte der Hutmacher wieder an und sah sich ängstlich nach ihr um, ob die es wohl auch abstreiten würde; aber die Schlafmaus stritt gar nichts ab, da sie fest schlief.

»Danach«, fuhr der Hutmacher fort, »schnitt ich noch etwas Butterbrot auf …«

»Aber was hat die Schlafmaus gesagt?«, fragte einer der Schöffen.

»Daran kann ich mich nicht mehr erinnern«, sagte der Hutmacher.

»Aber du *musst* dich erinnern«, sagte der König, »sonst lasse ich dich hinrichten.«

Der unglückliche Hutmacher ließ Teetasse und Butterbrot fallen und sank auf ein Knie. »Ich bin ein armer Mann, Euer Majestät«, begann er.

»Du bist ein *sehr* armseliger *Redner*«, sagte der König.

Hier klatschte eines der Meerschweinchen Beifall, was von den Gerichtsdienern umgehend unterbunden wurde. (Weil das ein etwas schwieriger Ausdruck ist, will ich Euch kurz erzählen, wie das vor sich ging. Sie hatten einen großen Sack aus Segeltuch, den man oben mit Schnüren zubinden konnte: In den steckten sie das Meerschweinchen kopfüber hinein und setzten sich dann darauf.)

'I'm glad I've seen that done,' thought Alice. 'I've so often read in the newspapers, at the end of trials, "There was some attempt at applause, which was immediately suppressed by the officers of the court," and I never understood what it meant till now.'

'If that's all you know about it, you may stand down,' continued the King.

'I ca'n't go no lower,' said the Hatter: 'I'm on the floor, as it is.'

'Then you may *sit* down,' the King replied.

Here the other guinea-pig cheered, and was suppressed.

'Come, that finishes the guinea-pigs!' thought Alice. 'Now we shall get on better.'

'I'd rather finish my tea,' said the Hatter, with an anxious look at the Queen, who was reading the list of singers.

'You may go,' said the King, and the Hatter hurriedly left the court, without even waiting to put his shoes on.

'—and just take his head off outside,' the Queen added to one of the officers; but the Hatter was out of sight before the officer could get to the door.

'Call the next witness!' said the King.

The next witness was the Duchess's cook. She carried the pepper-box in her hand, and Alice guessed who it was, even before she got into the court, by the way the people near the door began sneezing all at once.

»Ich bin froh, dass ich das einmal gesehen habe«, dachte Alice. »Ich hab schon so oft in der Zeitung über das Ende von Prozessen gelesen: ›Vereinzelt versuchte Beifallsbekundungen wurden von den Gerichtsdienern umgehend unterbunden‹, und bis jetzt konnte ich mir nie etwas darunter vorstellen.«

»Wenn das alles ist, was du darüber weißt, so kannst du abtreten«, fuhr der König fort.

»Ich kann nichts mehr abtreten«, sagte der Hutmacher. »Ich hab meine Schuhe nämlich vorhin verloren.«

»Dann kannst du dich ab*setzen*«, erwiderte der König.

Hier klatschte das andere Meerschweinchen Beifall, was erneut unterbunden wurde.

»Na, das war's also mit den Meerschweinchen!«, dachte Alice. »Jetzt sollte es besser vorwärtsgehen.«

»Ich würde gern meinen Tee zu Ende trinken«, sagte der Hutmacher mit einem ängstlichen Blick auf die Königin, die gerade die Liste der Sänger durchging.

»Du darfst gehen«, sagte der König, und der Hutmacher verließ eilends den Gerichtsaal, ohne sich auch nur die Zeit zu nehmen, seine Schuhe anzuziehen.

»… und schlag ihm draußen den Kopf ab«, setzte die Königin hinzu, an einen der Gerichtsdiener gewandt; doch noch bevor der an die Tür kam, war von dem Hutmacher schon nichts mehr zu sehen.

»Ruft den nächsten Zeugen!«, sagte der König.

Der nächste Zeuge war die Köchin der Herzogin. Sie hielt den Pfefferstreuer in der Hand, und noch ehe sie den Saal betrat, erriet Alice, wer da kam, weil die Leute, die in der Nähe der Tür standen, alle auf einmal zu niesen begannen.

'Give your evidence,' said the King.

'Sha'n't,' said the cook.

The King looked anxiously at the White Rabbit, who said, in a low voice, 'Your Majesty must cross-examine *this* witness.'

'Well, if I must, I must,' the King said with a melancholy air, and, after folding his arms and frowning at the cook till his eyes were nearly out of sight, he said, in a deep voice, 'What are tarts made of?'

'Pepper, mostly,' said the cook.

'Treacle,' said a sleepy voice behind her.

'Collar that Dormouse!' the Queen shrieked out. 'Behead that Dormouse! Turn that Dormouse out of court! Suppress him! Pinch him! Off with his whiskers!'

For some minutes the whole court was in confusion, getting the Dormouse turned out, and, by the time they had settled down again, the cook had disappeared.

'Never mind!' said the King, with an air of great relief. 'Call the next witness.' And, he added, in an under-tone to the Queen, 'Really, my dear, *you* must cross-examine the next witness. It quite makes my forehead ache!'

Alice watched the White Rabbit as he fumbled over the list, feeling very curious to see what the next witness would be like, '—for they haven't got much evidence *yet*,' she said to herself. Imagine her surprise, when the White Rabbit read out, at the top of his shrill little voice, the name 'Alice!'

»Mach deine Aussage«, sagte der König.

»Nö«, antwortete die Köchin.

Der König sah unsicher zum Weißen Kaninchen hinüber, das ihm zuflüsterte: »Euer Majestät müssen *diese* Zeugin ins Kreuzverhör nehmen.«

»Nun, was sein muss, muss sein«, sagte der König mit schwermütiger Miene, und nachdem er die Arme verschränkt und die Augenbrauen so fest zusammengezogen hatte, dass seine Augen kaum mehr zu sehen waren, brummte er mit tiefer Stimme: »Woraus macht man kleine Törtchen?«

»Pfeffer, hauptsächlich«, sagte die Köchin.

»Sirup«, sagte eine schläfrige Stimme hinter ihr.

»Schnappt euch diese Schlafmaus!«, kreischte die Königin. »Köpft diese Schlafmaus! Schafft diese Schlafmaus hier raus! Unterbinden! Kneifen! Ab mit dem Schnurrbart!«

Einige Minuten lang ging im Gerichtssaal alles drunter und drüber, während die Schlafmaus vor die Tür gesetzt wurde; und als endlich wieder Ruhe einkehrte, war die Köchin verschwunden.

»Nun ja, was soll's!«, sagte der König, der sichtlich erleichtert schien. »Ruft den nächsten Zeugen.« Und zur Königin gewandt, fügte er mit gedämpfter Stimme hinzu: »Also, mein Liebes, den nächsten Zeugen musst *du* ins Kreuzverhör nehmen. Mir pocht schon die Stirn!«

Alice beobachtete das Weiße Kaninchen, wie es die Liste durchging, da sie sehr gespannt war, was wohl der nächste Zeuge zu sagen hatte – »denn *noch* haben sie nicht viele Beweise«, sagte sie sich. Und nun stellt Euch ihre Überraschung vor, als das Weiße Kaninchen, so laut es ihm sein schrilles Stimmchen erlaubte, den Namen vorlas: »Alice!«

Chapter XII

Alice's Evidence

'Here!' cried Alice, quite forgetting in the flurry of the moment how large she had grown in the last few minutes, and she jumped up in such a hurry that she tipped over the jury-box with the edge of her skirt, upsetting all the jurymen on to the heads of the crowd below, and there they lay sprawling about, reminding her very much of a globe of gold-fish she had accidentally upset the week before.

'Oh, I *beg* your pardon!' she exclaimed in a tone of great dismay, and began picking them up again as quickly as she could, for the accident of the gold-fish kept running in her head, and she had a vague sort of idea that they must be collected at once and put back into the jury-box, or they would die.

'The trial cannot proceed,' said the King, in a very grave voice, 'until all the jurymen are back in their proper places—*all*,' he repeated with great emphasis, looking hard at Alice as he said so.

Alice looked at the jury-box, and saw that, in her haste, she had put the Lizard in head downwards, and the poor little thing was waving its tail about in a melancholy way, being quite unable to move. She soon got it out again, and put it right; 'not that it signifies much,' she said to herself; 'I should think it would be *quite* as much use in the trial one way up as the other.'

Zwölftes Kapitel

Alice sagt aus

»Hier!«, rief Alice und vergaß vor lauter Aufregung völlig, wie sehr sie in den letzten Minuten gewachsen war; sie sprang in solcher Eile auf, dass sie mit ihrem Rockzipfel die Schöffenbank umwarf, wodurch die Geschworenen den darunter versammelten Zuschauern auf die Köpfe purzelten. Da lagen sie nun und streckten alle viere von sich und erinnerten sie sehr stark an das Goldfischglas, das sie vorige Woche aus Versehen umgeworfen hatte.

»Oh, ich bitte *vielmals* um Verzeihung«, rief sie und begann sie so schnell wie möglich wieder aufzuheben; denn das Missgeschick mit den Goldfischen spukte ihr noch immer im Kopf herum, und sie hatte die unbestimmte Vorstellung, dass die Schöffen sofort eingesammelt und zurück in ihre Bank gesetzt werden müssten, oder sie würden sterben.

»Der Prozess kann nicht fortgesetzt werden«, sagte der König feierlich, »bis alle Geschworenen wieder ordnungsgemäß auf ihren Plätzen sitzen – *alle*«, wiederholte er mit großem Nachdruck und ließ Alice dabei nicht aus den Augen.

Alice besah sich die Schöffenbank und erkannte, dass sie in der Eile die Eidechse mit dem Kopf nach unten hineingesetzt hatte, und das arme kleine Ding schwenkte traurig den Schwanz hin und her und konnte sich ansonsten nicht rühren. Schnell nahm sie die Eidechse wieder heraus und drehte sie um. »Nicht dass es etwas zu bedeuten hätte«, sagte sie sich; »ich glaube, für den Prozess wäre sie *ganz* genauso nützlich, ob nun so oder so herum.«

As soon as the jury had a little recovered from the shock of being upset, and their slates and pencils had been found and handed back to them, they set to work very diligently to write out a history of the accident, all except the Lizard, who seemed too much overcome to do anything but sit with its mouth open, gazing up into the roof of the court.

'What do you know about this business?' the King said to Alice.

'Nothing,' said Alice.

'Nothing *whatever?*' persisted the King.

'Nothing whatever,' said Alice.

'That's very important,' the King said, turning to the jury. They were just beginning to write this down on their slates, when the White Rabbit interrupted: '*Un*important, your Majesty means, of course,' he said, in a very respectful tone, but frowning and making faces at him as he spoke.

'*Un*important, of course, I meant,' the King hastily said, and went on to himself in an undertone, 'important–unimportant–unimportant–important—' as if he were trying which word sounded best.

Some of the jury wrote it down 'important,' and some 'unimportant.' Alice could see this, as she was near enough to look over their slates; 'but it doesn't matter a bit,' she thought to herself.

At this moment the King, who had been for some time busily writing in his note-book, called out 'Silence!', and read out from his book, 'Rule Forty-two. *All persons more than a mile high to leave the court.*'

Everybody looked at Alice.

Sobald sich die Schöffen ein wenig von dem Schreck erholt hatten, umgeworfen worden zu sein, und man ihnen ihre Schiefertafeln und Griffel zurückgegeben hatte, machten sie sich mit großem Eifer daran, den Hergang des Unfalls aufzuschreiben, alle außer der Eidechse, die anscheinend zu mitgenommen war, um irgendetwas zu tun, und stattdessen nur mit offenem Mund dasaß und die Saaldecke anstarrte.

»Was weißt du von dieser Angelegenheit?«, wandte sich der König an Alice.

»Nichts«, sagte Alice.

»Nicht mal ein *bisschen*?«, beharrte der König.

»Nicht mal ein bisschen«, sagte Alice.

»Das ist sehr wichtig«, sagte der König, zu den Schöffen gewandt. Die fingen gerade an, das auf ihre Tafeln zu schreiben, als sich das Weiße Kaninchen einschaltete: »*Unwichtig*, meinen Euer Majestät natürlich«, sagte es höchst respektvoll, runzelte jedoch dabei die Stirn und schnitt ihm Grimassen.

»*Unwichtig*, natürlich, das meinte ich«, bestätigte der König hastig und murmelte dann halblaut weiter vor sich hin: »Wichtig – unwichtig – unwichtig – wichtig …«, als probierte er aus, welches Wort am besten klang.

Einige der Schöffen schrieben nun »wichtig« und andere »unwichtig«. Alice konnte das gut erkennen, da sie so nahe bei ihnen stand, dass sie ihre Tafeln im Blick hatte. »Aber das ist ja ohnehin einerlei«, dachte sie bei sich.

In diesem Augenblick rief der König, der eifrig in sein Notizbuch geschrieben hatte: »Ruhe!«, und las dann aus seinem Buch vor: »Regel zweiundvierzig. *Alle Personen, die über eine Meile groß sind, haben den Gerichtssaal zu verlassen*.«

Alle Augen richteten sich auf Alice.

'*I'm* not a mile high,' said Alice.

'You are,' said the King.

'Nearly two miles high,' added the Queen.

'Well, I sha'n't go, at any rate,' said Alice: 'besides, that's not a regular rule: you invented it just now.'

'It's the oldest rule in the book,' said the King.

'Then it ought to be Number One,' said Alice.

The King turned pale, and shut his note-book hastily. 'Consider your verdict,' he said to the jury, in a low trembling voice.

'There's more evidence to come yet, please your Majesty,' said the White Rabbit, jumping up in a great hurry: 'this paper has just been picked up.'

'What's in it?' said the Queen.

'I haven't opened it yet,' said the White Rabbit; 'but it seems to be a letter, written by the prisoner to—to somebody.'

'It must have been that,' said the King, 'unless it was written to nobody, which isn't usual, you know.'

'Who is it directed to?' said one of the jurymen.

'It isn't directed at all,' said the White Rabbit: 'in fact, there's nothing written on the *outside*.' He unfolded the paper as he spoke, and added 'It isn't a letter, after all: it's a set of verses.'

'Are they in the prisoner's handwriting?' asked another of the jurymen.

'No, they're not,' said the White Rabbit, 'and that's the queerest thing about it.' (The jury all looked puzzled.)

»*Ich* bin keine Meile groß«, sagte Alice.

»Doch, bist du«, sagte der König.

»Fast zwei Meilen«, setzte die Königin hinzu.

»Na, gehen werde ich jedenfalls nicht«, sagte Alice; »außerdem ist das gar keine richtige Regel: Sie haben sie sich eben erst ausgedacht.«

»Es ist die älteste Regel in diesem Buch«, sagte der König.

»Dann müsste sie die Nummer eins haben«, sagte Alice.

Der König wurde blass und klappte hastig sein Notizbuch zu. »Gebt euer Urteil ab«, befahl er den Schöffen mit leiser, bebender Stimme.

»Mit Verlaub, Euer Majestät, es gibt noch weiteres Beweismaterial«, sagte das Weiße Kaninchen und sprang auf; »dieses Schriftstück ist soeben gefunden worden.«

»Was steht drin?«, fragte die Königin.

»Ich hab es noch nicht geöffnet«, sagte das Weiße Kaninchen, »aber es scheint ein Brief zu sein, geschrieben vom Angeklagten an – an jemanden.«

»Das muss wohl so sein«, sagte der König, »es sei denn, er hat ihn an niemanden geschrieben, was aber selten vorkommt, nicht wahr.«

»An wen ist er denn adressiert?«, fragte ein Geschworener.

»Er ist gar nicht adressiert«, sagte das Weiße Kaninchen; »*außen* drauf steht überhaupt nichts.« Dabei faltete es das Schriftstück auseinander und fügte hinzu: »Es ist auch kein Brief, sondern ein Gedicht.«

»Ist es die Handschrift des Angeklagten?«, fragte ein anderer Geschworener.

»Nein, ist es nicht«, sagte das Weiße Kaninchen, »und das ist das Merkwürdigste daran.« (Die Schöffen schauten ganz ratlos.)

'He must have imitated somebody else's hand,' said the King. (The jury all brightened up again.)

'Please your Majesty,' said the Knave, 'I didn't write it, and they ca'n't prove that I did: there's no name signed at the end.'

'If you didn't sign it,' said the King, 'that only makes the matter worse. You *must* have meant some mischief, or else you'd have signed your name like an honest man.'

There was a general clapping of hands at this: it was the first really clever thing the King had said that day.

'That *proves* his guilt, of course,' said the Queen: 'so, off with—.'

'It doesn't prove anything of the sort!' said Alice. 'Why, you don't even know what they're about!'

'Read them,' said the King.

The White Rabbit put on his spectacles. 'Where shall I begin, please your Majesty?' he asked.

'Begin at the beginning,' the King said, very gravely, 'and go on till you come to the end: then stop.'

There was dead silence in the court, whilst the White Rabbit read out these verses:–

'They told me you had been to her,
And mentioned me to him:
She gave me a good character,
But said I could not swim.

He sent them word I had not gone
(We know it to be true):

»Er hat die Handschrift eines anderen nachgeahmt«, sagte der König. (Die Schöffen wurden wieder munterer.)

»Mit Verlaub, Euer Majestät«, sagte der Bube, »ich habe das nicht geschrieben, und da kann keiner das Gegenteil beweisen: Es steht ja gar keine Unterschrift drunter.«

»Wenn du es nicht unterschrieben hast«, sagte der König, »macht das die Sache nur noch schlimmer. Du *musst* etwas im Schilde geführt haben, sonst hättest du ja deinen Namen daruntergesetzt wie ein ehrlicher Mensch.«

Hierauf folgte allgemeines Beifallklatschen: Es war das erste wirklich Gescheite, das der König an diesem Tag gesagt hatte.

»Das *beweist* natürlich seine Schuld«, sagte die Königin, »also, ab mit …«

»Das beweist überhaupt gar nichts!«, sagte Alice. »Ihr wisst ja noch nicht einmal, wovon das Gedicht handelt!«

»Lies es vor«, sagte der König.

Das Weiße Kaninchen setzte seine Brille auf. »Mit Verlaub, wo darf ich anfangen, Euer Majestät?«, fragte es.

»Fang am Anfang an«, sagte der König sehr würdevoll, »und lies weiter, bis du ans Ende kommst, dann hör auf.«

Im Gerichtssaal herrschte Totenstille, während das Weiße Kaninchen folgendes Gedicht vorlas:

»Ich höre ja, du warst bei ihr,
Und dass er es mir gönnt:
Sie sprach, sie hielte viel von mir,
Wenn ich nur schwimmen könnt!

Er schrieb an sie, ich ginge nicht
(Nur wussten wir es gleich):

If she should push the matter on,
What would become of you?

I gave her one, they gave him two,
You gave us three or more;
They all returned from him to you,
Though they were mine before.

If I or she should chance to be
Involved in this affair,
He trusts to you to set them free,
Exactly as we were.

My notion was that you had been
(Before she had this fit)
An obstacle that came between
Him, and ourselves, and it.

Don't let him know she liked them best,
For this must ever be
A secret, kept from all the rest,
Between yourself and me.'

'That's the most important piece of evidence we've heard yet,' said the King, rubbing his hands; 'so now let the jury—'

'If any one of them can explain it,' said Alice, (she had grown so large in the last few minutes that she wasn't a bit afraid of interrupting him,) 'I'll give him sixpence. *I* don't believe there's an atom of meaning in it.'

Wenn ihr viel an der Sache liegt,
Was würde dann aus euch?

Ich gab ihr eins, sie gab ihm zwei,
Ihr gabt uns dreimal vier;
Jetzt sind sie hier, er steht dabei,
Doch alle gehörten erst mir.

Würd ich und sie vielleicht darein
Verwickelt und verfahren,
Vertraut er dir, sie zu befrein,
Gerade wie wir waren.

Ich dachte schon in meinem Sinn
(Eh sie den Anfall hätt),
Du wärest der, der uns und ihn,
Und es behindertet.

Sag ihm um keinen Preis, dass ihr
Die andern lieber war'n,
Denn keine Seele außer dir
Und mir darf dies erfahrn.«

»Das ist der wichtigste Beweis, den wir bisher gehört haben«, sagte der König und rieb sich die Hände; »lasst also jetzt die Schöff...«

»Wenn auch nur einer von ihnen mir das erklären kann«, sagte Alice (sie war in den letzten Minuten so groß geworden, dass sie gar keine Angst mehr hatte, ihn zu unterbrechen), »dann kriegt er von mir einen Fünfer. *Ich* finde, dass nicht mal ein Fitzelchen Sinn darin steckt.«

The jury all wrote down, on their slates, '*She* doesn't believe there's an atom of meaning in it,' but none of them attempted to explain the paper.

'If there's no meaning in it,' said the King, 'that saves a world of trouble, you know, as we needn't try to find any. And yet I don't know,' he went on, spreading out the verses on his knee, and looking at them with one eye; 'I seem to see some meaning in them, after all. *"—said I could not swim—"* you ca'n't swim, can you?' he added, turning to the Knave.

The Knave shook his head sadly. 'Do I look like it?' he said. (Which he certainly did *not*, being made entirely of cardboard.)

'All right, so far,' said the King; and he went on muttering over the verses to himself: '*"We know it to be true"*—that's the jury, of course—*"If she should push the matter on"*—that must be the Queen—*"What would become of you?"*—What, indeed!—*"I gave her one, they gave him two"*—why, that must be what he did with the tarts, you know——'

'But it goes on *"they all returned from him to you,"*' said Alice.

'Why, there they are?' said the King triumphantly, pointing to the tarts on the table. 'Nothing can be clearer than *that*. Then again—*"before she had this fit"*—you never had *fits*, my dear, I think?' he said to the Queen.

'Never!' said the Queen, furiously, throwing an inkstand at the Lizard as she spoke. (The unfortunate little Bill had left off writing on his slate with one finger,

Sämtliche Schöffen schrieben auf ihre Tafeln: »*Sie* findet, dass nicht mal ein Fitzelchen Sinn darin steckt«, aber keiner von ihnen versuchte, ihr das Schriftstück zu erklären.

»Wenn kein Sinn darin steckt«, sagte der König, »erspart uns das jede Menge Mühe, nicht wahr, denn dann brauchen wir ja auch keinen zu suchen. Aber trotzdem, ich weiß nicht«, fuhr er fort, während er das Gedicht auf seinen Knien ausbreitete und mit einem Auge darauf hinuntersah, »mir scheint, einen gewissen Sinn entdecke ich darin schon: *Wenn ich nur schwimmen könnt* – du kannst doch nicht schwimmen, oder?«, setzte er hinzu, an den Buben gewandt.

Der Bube schüttelte traurig den Kopf. »Sehe ich etwa so aus?«, fragte er. (Was wahrlich *nicht* der Fall war, denn er bestand gänzlich aus Pappe.)

»Das ist so weit richtig«, sagte der König und murmelte dann die nächsten Verse vor sich hin: »*Nur wussten wir es gleich* – das sind natürlich die Schöffen – *Wenn ihr viel an der Sache liegt* – das muss die Königin sein – *Was würde dann aus euch?* – Was, ja genau! – *Ich gab ihr eins, sie gab ihm zwei* – na, so hat er's doch wohl mit den Törtchen gemacht, nicht wahr ...«

»Aber es geht weiter: *Jetzt sind sie hier*«, sagte Alice.

»Freilich, da sind sie ja! Und *er steht dabei*!«, sagte der König triumphierend und zeigte auf die Törtchen und den Herzbuben. »Nichts kann klarer sein als *das*. Dann wieder – *Eh sie den Anfall hätt* – einen *Anfall* hast du noch nie gehabt, mein Liebes, oder doch?«, sagte er zu der Königin.

»Niemals!«, rief die Königin rasend vor Zorn und warf dabei mit einem Tintenfass nach der Eidechse. (Der glücklose kleine Bill hatte nämlich aufgehört, mit dem

as he found it made no mark; but he now hastily began again, using the ink, that was trickling down his face, as long as it lasted.)

'Then the words don't *fit* you,' said the King, looking round the court with a smile. There was a dead silence.

'It's a pun!' the King added in an angry tone, and everybody laughed. 'Let the jury consider their verdict,' the King said, for about the twentieth time that day.

'No, no!' said the Queen. 'Sentence first–verdict afterwards.'

'Stuff and nonsense!' said Alice loudly. 'The idea of having the sentence first!'

'Hold your tongue!' said the Queen, turning purple.

'I wo'n't!' said Alice.

'Off with her head!' the Queen shouted at the top of her voice. Nobody moved.

'Who cares for *you?*' said Alice (she had grown to her full size by this time). 'You're nothing but a pack of cards!'

At this the whole pack rose up into the air, and came flying down upon her; she gave a little scream, half of fright and half of anger, and tried to beat them off, and found herself lying on the bank, with her head in the lap of her sister, who was gently brushing away some dead leaves that had fluttered down from the trees upon her face.

'Wake up, Alice dear!' said her sister. 'Why, what a long sleep you've had!'

'Oh, I've had such a curious dream!' said Alice. And she told her sister, as well as she could

Finger auf seiner Tafel zu schreiben, da er gemerkt hatte, dass dieser keine Spur darauf hinterließ; doch nun fing er schnell wieder an, wobei er die ihm übers Gesicht tropfende Tinte benutzte, bis keine mehr da war.)

»Dann ist die Zeile nichts als ein *Zufall*«, sagte der König und blickte lächelnd im Saal umher. Alles blieb totenstill.

»Das war ein Wortspiel!«, fügte der König ärgerlich hinzu, und alle lachten. »Die Schöffen sollen ihr Urteil abgeben«, sagte der König jetzt wohl schon zum zwanzigsten Mal.

»Nein, nein!«, sagte die Königin. »Erst die Strafe – dann das Urteil.«

»Dummes Zeug!«, sagte Alice laut. »Erst die Strafe, was für ein Unsinn!«

»Mund halten!«, sagte die Königin und wurde puterrot.

»Von wegen!«, sagte Alice.

»Ab mit dem Kopf!«, brüllte die Königin aus Leibeskräften. Niemand rührte sich.

»Wer schert sich schon um *euch*?«, sagte Alice (die inzwischen wieder ihre volle Größe erreicht hatte). »Ihr seid ja nichts weiter als ein Kartenspiel!«

Bei diesen Worten erhob sich das ganze Kartenspiel in die Luft und kam auf sie zugeflogen; sie stieß einen kleinen Schrei aus, teils vor Schreck, teils vor Zorn, und schlug nach ihnen, um sie abzuwehren, und dann lag sie plötzlich wieder am Ufer, den Kopf im Schoß ihrer Schwester, die ihr sachte ein paar welke Blätter aus dem Gesicht strich, die von den Bäumen auf sie herabgeflattert waren.

»Wach auf, Alice, Liebes!«, sagte ihre Schwester. »Na so was, wie lang du geschlafen hast!«

»Ach, ich hatte einen so seltsamen Traum!«, sagte Alice. Und sie erzählte ihrer Schwester, so gut sie sich erinnern

remember them, all these strange Adventures of hers that you have just been reading about; and, when she had finished, her sister kissed her, and said 'It *was* a curious dream, dear, certainly; but now run in to your tea: it's getting late.' So Alice got up and ran off, thinking while she ran, as well she might, what a wonderful dream it had been.

But her sister sat still just as she left her, leaning her head on her hand, watching the setting sun, and thinking of little Alice and all her wonderful Adventures, till she too began dreaming after a fashion, and this was her dream:–

First, she dreamed about little Alice herself: once again the tiny hands were clasped upon her knee, and the bright eager eyes were looking up into hers–she could hear the very tones of her voice, and see that queer little toss of her head to keep back the wandering hair that *would* always get into her eyes–and still as she listened, or seemed to listen, the whole place around her became alive with the strange creatures of her little sister's dream.

The long grass rustled at her feet as the White Rabbit hurried by–the frightened Mouse splashed his way through the neighbouring pool–she could hear the rattle of the teacups as the March Hare and his friends shared their never-ending meal, and the shrill voice of the Queen ordering off her unfortunate guests to execution–once more the pig-baby was sneezing on the Duchess' knee, while plates and dishes crashed around it–once more

konnte, all die merkwürdigen Abenteuer, von denen Ihr soeben gelesen habt; und als sie damit fertig war, gab ihre Schwester ihr einen Kuss und sagte: »Das war nun *wirklich* ein seltsamer Traum, Liebes; aber jetzt schnell ins Haus zum Tee, es ist schon spät.« Also stand Alice auf und rannte davon und dachte dabei – und zwar mit Recht –, was für ein wundervoller Traum das gewesen war.

Ihre Schwester aber blieb noch ein Weilchen dort sitzen, den Kopf auf die Hand gestützt, sah der untergehenden Sonne zu und dachte an die kleine Alice und all ihre wundervollen Abenteuer, bis auch sie auf ihre Weise zu träumen begann, und dies war ihr Traum:

Zuerst träumte sie von der kleinen Alice selbst: Wieder waren die kleinen Hände um ihre Knie geschlungen, und die leuchtenden, munteren Augen blickten hinauf zu den ihren – selbst den Klang ihrer Stimme konnte sie hören und jene sonderbare Kopfbewegung sehen, mit der sich Alice die störrischen Haarsträhnen zurückwarf, die ihr *ständig* aufs Neue über die Augen fielen – und als sie so lauschte oder zu lauschen schien, da belebte sich alles um sie herum mit den seltsamen Geschöpfen aus dem Traum ihrer kleinen Schwester.

Zu ihren Füßen raschelte es im hohen Gras, als das Weiße Kaninchen vorbeihuschte – die verängstigte Maus patschte durch den nahen Teich – sie konnte das Klirren der Teetassen hören, als der Märzhase und seine Freunde bei ihrer endlosen Mahlzeit saßen, und die schrille Stimme der Königin, die ihre unglückseligen Gäste zur Hinrichtung abführen ließ – wieder nieste das Ferkelbaby auf dem Schoß der Herzogin, während ringsherum Teller und Schüsseln zu Bruch gingen – wieder waren der kreischende Greif, der

the shriek of the Gryphon, the squeaking of the Lizard's slate-pencil, and the choking of the suppressed guinea-pigs, filled the air, mixed up with the distant sob of the miserable Mock Turtle.

So she sat on, with closed eyes, and half believed herself in Wonderland, though she knew she had but to open them again, and all would change to dull reality—the grass would be only rustling in the wind, and the pool rippling to the waving of the reeds—the rattling teacups would change to tinkling sheep-bells, and the Queen's shrill cries to the voice of the shepherd-boy—and the sneeze of the baby, the shriek of the Gryphon, and all the other queer noises, would change (she knew) to the confused clamour of the busy farm-yard—while the lowing of the cattle in the distance would take the place of the Mock Turtle's heavy sobs.

Lastly, she pictured to herself how this same little sister of hers would, in the after-time, be herself a grown woman; and how she would keep, through all her riper years, the simple and loving heart of her childhood; and how she would gather about her other little children, and make *their* eyes bright and eager with many a strange tale, perhaps even with the dream of Wonderland of long ago; and how she would feel with all their simple sorrows, and find a pleasure in all their simple joys, remembering her own child-life, and the happy summer days.

The End

quietschende Griffel der Eidechse und die unterbunden röchelnden Meerschweinchen zu hören, und all das vermischte sich mit dem fernen Schluchzen der untröstlichen Falschen Schildkröte.

So saß sie da mit geschlossenen Augen und fühlte sich schon halb ins Wunderland versetzt, obwohl sie wusste, dass sie die Augen ja nur wieder aufmachen brauchte, und alles würde sich in öde Wirklichkeit zurückverwandeln – das Rascheln des Grases käme nur vom Wind und das Plätschern des Teichs nur vom schwankenden Schilf – die klirrenden Teetassen würden sich als klingelnde Schafschellen entpuppen und die schrillen Schreie der Königin als die Stimme des Hirtenjungen – und das Niesen des Babys, das Kreischen des Greifs und all die anderen sonderbaren Geräusche würden sich (das wusste sie genau) in das wirre Lärmen des geschäftigen Bauernhofs verwandeln – und die in der Ferne muhenden Kühe nähmen die Stelle der heftig schluchzenden Falschen Schildkröte ein.

Und zuletzt malte sie sich aus, wie ebendieselbe kleine Schwester eines Tages selbst eine erwachsene Frau sein würde; wie sie sich auch in ihren reiferen Jahren das schlichte und liebevolle Herz ihrer Kindheit bewahrt hätte; wie sie andere kleine Kinder um sich versammeln und *deren* Augen zum Leuchten bringen würde mit so mancher sonderbaren Geschichte, vielleicht sogar mit dem weit zurückliegenden Traum vom Wunderland; und wie sie all deren kleine Sorgen mitfühlen und sich an all deren kleinen Freuden mitfreuen würde in der Erinnerung an ihre eigene Kindheit und die glücklichen Sommertage.

Ende

Glossar

Kapitel 2, Der Tränenteich

»Bei einem Wirte, wunderwild, … Sich selber wohl genähret!« Scherzhafte Nachdichtung der ersten beiden Strophen des Gedichts *Einkehr* von Ludwig Uhland (1787–1862). Sie lauten im Original:

Bei einem Wirte, wundermild,
Da war ich jüngst zu Gaste;
Ein goldner Apfel war sein Schild
An einem langen Aste.

Es war der gute Apfelbaum,
Bei dem ich eingekehret;
Mit süßer Kost und frischem Schaum
Hat er mich wohl genähret.

Kapitel 10, Die Hummer-Quadrille

»Preisend mit viel schönen Kniffen … Auswärts, als er dieses sagt.« Das Original zu dieser Nonsens-Nachdichtung sind die ersten beiden Strophen des Lobgedichts *Der reichste Fürst* von Justinus Kerner (1786–1862). Ihr ursprünglicher Wortlaut ist:

Preisend mit viel schönen Reden
Ihrer Länder Wert und Zahl,

Saßen viele deutsche Fürsten
Einst zu Worms im Kaisersaal.

»Herrlich«, sprach der Fürst von Sachsen,
»Ist mein Land und seine Macht,
Silber hegen seine Berge
Wohl in manchem tiefen Schacht.«

»›Seht mein Land und grüne Fluten‹, … ›Dazu brauche ich Be…‹« Verballhornung der dritten und vierten Strophe desselben Gedichts von Justinus Kerner. In der Ursprungsversion lauten die Verse:

»Seht mein Land in üpp'ger Fülle«,
Sprach der Kurfürst von dem Rhein,
»Goldne Saaten in den Tälern,
Auf den Bergen edlen Wein!«

»Große Städte, reiche Klöster!«
Ludwig, Herr zu Bayern, sprach,
»Schaffen, daß mein Land dem euren
Wohl nicht steht an Schätzen nach.«